몬스터 킬러

몬스터 킬러

윤자영 장편소설

네오픽션

차례

1장	국선변호인	9
	열혈 교사	20
	시클리드	30
2장	국선변호인	45
	열혈 교사	56
	시클리드	71
3장	국선변호인	87
	열혈 교사	94
	시클리드	101
4장	국선변호인	111
	열혈 교사	116
	시클리드	126

5장	국선변호인	149
	열혈 교사	154
	시클리드	163

6장	국선변호인	171
	열혈 교사	183
	시클리드	190

7장	국선변호인	201
	열혈 교사	205
	시클리드	217

작가의 말	228

1장

국선변호인

"변호사님, 생각 좀 하시고 사건을 수락하세요."

사무장이 볼멘소리를 했다. 국선변호인 박근태가 대한민국을 떠들썩하게 만든 일명 '괴물 선생님' 사건을 맡기로 했기 때문이다.

"차 사무장, 누구라도 사건을 맡아야 하지 않겠어? 아무리 살인자라도 변호받을 권리가 있다고."

"학생을 죽인 선생이라고요! 지금 여론이 온통 거기에 집중되어 있는데 그런 악마를 변호하면 우리 변호사 사무실은 끝이라고요."

틀린 말은 아니다. 우리나라 여론은 특히 잘 옮겨 다니니까. 변호사에게 있어 다른 변호사들이 거부하는 사건을 맡는다는 것은 목숨을 내놓는 것과 마찬가지다. 목숨을 내놓는다는 말은, 더는 변호사 사무실을 하기 힘들지도 모른다는 소리다.

"사무장 월급은 내 안 떼어먹을게."

"그런 말이 아니잖아요. 이번 건은 정말 위험하다고요. 누군가 해코지를 할 수도 있어요."

"그건 과한 생각이야."

살인 용의자 전조협 선생은 자신이 근무하는 고등학교 옥상에서 남학생을 죽였다. 기자들은 이 사건을 즉시 대서특필했다. 학생을 살해한 교사라니. 반대의 경우는 있었어도 대한민국 역사상 처음 있는 사건이라 모두가 전조협을 '괴물 선생님'이라고 불렀다.

게다가 전조협은 사건 전에도 폭행죄로 벌금형을 받았고, 아동학대로 징계를 받은 적도 있었다. 그런 폭력 교사를 일찍이 잘라버리지 못한 학교와 교육청도 더불어 지탄받고 있었다. 학교와 교육청 앞에서는 학부모연대, 올바른교육을원하는사람들 등 소속을 알 수 없는 무리들이 연일 시위를 하고 있다. 사건을 파헤치는 유튜버들이 계속 자극적인 이야기를 쏟아내고 있기까지 해 사건의 열기는 더욱 고조되고 있기만 하다. 박근태가 전조협의 변호를 맡았다는 이야기가 퍼지면 그들은 분명 사무실로 찾아올 것이다.

사무장은 그것을 걱정하고 있었다.

박근태는 서류 가방을 챙겨 들었다.

"전조협을 만나고 올게."

그러자 사무장이 고개를 절레절레 흔들더니 박근태를 보며 "으이구, 전 뭘 하죠?" 하고 도울 일이 없는지 물었다. 언제나 그랬듯.

"언제나처럼 하고 싶은 일을 하시죠."

"그럼 전조협이 사건 전에 받았던 벌금형에 대해 알아볼게요."

"그거 좋네. 몸들 조심하시고."

박근태는 서울구치소로 가서 변호인 접견 신청을 했다. 잠시 후 면회실에 온 전조협의 외모는 정말 살인자의 그것 같았다. 딱 봐도 185센티미터가 넘는 큰 키에 몸무게도 100킬로그램이 넘어 보였다. 레슬러가 연상되는 덩치에 커다란 눈, 두껍고도 검은 입술 그리고 턱을 가득 채운 수염을 가지고 있었다. 박근태는 괜히 등골에 전류가 흐르는 느낌이 들었다.

"변호사님?"

"네, 제가 국선을 배정받은 박근태입니다. 앉아서 이야기하시죠."

전조협의 오른쪽 이두근에 붕대가 감겨 있었다. 환자지만 워낙 흉악범이라 그런지 수갑도 차고 있었다. 전조협은 수갑 찬 손으로 의자를 빼서 앉았다. 거대한 곰이 앞에 있는 것 같았다. 박근태는 붕대 감은 팔을 가리켰다.

"팔은 괜찮아요?"

사건 개요에 따르면 피해자인 민주영에게 칼을 맞았다고 한다. 전조협이 어깨를 으쓱 올렸다.

"칼을 맞았지만, 별거 아니에요. 열다섯 바늘 꿰맸어요."

열다섯 바늘이 별거 아닌 것은 아닌데……. 뭐, 저 곰 같은 덩치라면 괜찮을지도 모른다는 생각이 들었다. 박근태는 스마트폰의 녹음 기능을 켜고는 테이블 위에 올렸다.

"녹음해도 되죠?"

"그러시죠."

곧 전조협이 수갑을 찬 손을 테이블에 올리며 가까이 다가와 두꺼운 입술을 움직였다.

"그런데 변호사님, 김하준은 뭐 하고 있습니까?"

처음부터 생뚱맞은 이야기였다. 김하준은 옥상에서 살아남은 학생이다. 사건이 일어난 밤, 민주영, 김태수, 김하준 셋이 학교 옥상에서 술을 마시고 있는데 학생부장인 전조협이 옥상에 나타나 참상이 시작된 것이다. 이에 관해 전조협은 악의 씨앗인 민주영으로부터 학교를 구하기 위해 옥상으로 갔다가 일이 난 것이라고 주장했다.

"김하준은 사건과 특별히 관계가 없잖아요."

"아니요, 여기서 가만히 생각해보니 이 모든 일을 꾸민 것은 그놈입니다."

"전조협 씨, 당신이 살해, 아니, 죽게 한 학생은 민주영이잖아요."

그 말에 전조협은 두꺼운 입술을 잘근잘근 씹었다.

"변호사님, 전 학교를 구하기 위해 악마들을 지도한 거예요."

"하지만 학생이 죽었어요."

심각한 이야기에도 전조협이 미소를 짓는 것 같았다.

"지금쯤 이라고등학교에서는 만세를 부르고 있을 겁니다. 전 영웅이 되어 있을 것이고요."

전조협의 주장에 따르면 민주영은 학교를 괴롭히는 대마왕이고, 전조협은 대마왕을 물리친 기사였다. '물리쳤다'는 말은 일부러 죽였다고 들릴 수도 있다. 이런 이야기는 재판에 불리하다.

"전조협 선생님, 전 변호삽니다. 그런 말씀 다시는 하지 마세요. 재판에 좋지 않아요."

물론 경찰 조사에서 이미 이렇게 말했다고 들었지만 말이다. 전조협은 박근태의 말을 이해했는지 고개를 끄덕이며 말을 이었다.

"김하준이, 보통 아닙니다. 그놈이 이 모든 시나리오를 쓴 거라고요."

전조협은 계속 이상한 소리만 하고 있다. 김하준이라는 학생이 민주영이라는 대마왕을 기사 전조협이 물리치는 시나리오를 썼다는 말인가?

"혹시 사건 전에 신경과 치료를 받으셨거나 따로 드시는 약이 있나요?"

그러자 전조협이 수갑 찬 두 손으로 테이블을 세게 내리쳤다.

"저, 장난 아닙니다."

박근태는 두 손바닥을 보이며 그를 진정시켰다.

"아, 알겠습니다. 진정하세요. 그럼 다시 한번 묻겠습니다. 당신이 민주영을 죽게 한 것은 인정하나요?"

전조협은 대답하지 않고 고개만 가로저었다.

"안 죽였다는 거예요?"

"그건 김하준 때문에 일어난 일이라니까요."

말이 안 통하는군. 박근태는 사건의 핵심을 먼저 확인

하기로 했다.

"사건 조서에 적혀 있는 대로 학교 옥상에서 민주영을 칼로 찌른 것이 맞죠?"

전조협은 고개를 살짝 끄덕였다.

"네…… 기억이 납니다……. 하지만 찔렀다기보다 민주영이 달려와 스스로 찔렸어요."

전조협은 만취 상태였다. 당시를 기억 못 할 정도의 만취가 맞다. 하지만 전조협은 옥상에 들어갈 때부터 스마트 워치로 녹음을 했다. 그래서 비록 음성이지만 당시의 참상이 그대로 담겼다. 스스로 증거를 만든 것이다.

"사건 조서에는 민주영이 먼저 칼로 전조협 씨의 팔을 찔러서 전조협 씨가 그것을 빼낸 후 그것으로 민주영을 찔렀다고 나와 있는데, 정당방위를 주장하시는 건가요?"

"아니요, 변호사님, 김하준을 조사해주세요. 저 대신 김하준의 계략을 파헤쳐주세요."

전조협도 녹음 파일을 들었다. 녹음만 놓고 보면 분명 전조협이 과도하게 반응한 것이 사실이다. 녹음 속 전조협은 술에 취해 어쩐지 신이 나 있었다.

"당시 술에 많이 취해 있었다고 하던데, 꿈을 꾸신 것은 아니죠?"

"아니요! 전부 확실하게 기억나요."

잘 기억나지 않는다고 해야 재판에 도움이 될 텐데…… 하긴, 술 취한 사람은 자신이 취했다고 하지 않는다.

물론 박근태는 주취로 형량을 낮추고 싶지 않았다. 돈을 빼앗기 위해 사람을 죽이는 것과 자신에 대한 공격을 방어하기 위해 상대를 죽이는 것에는 분명한 차이가 있다. 이 사건에도 그런 차이가 있는지 알아보고 싶었다. 만에 하나 김하준이 정말로 그 차이를 만들었을지도 모른다.

"좋습니다. 그럼 김하준은 어떤 학생입니까?"

"민주영 패거리죠. 민주영이 최악인 줄 알았는데 더 무서운 놈은 김하준 그놈이었어요."

민주영이 학교의 일진, 짱인 것 같다. 요즘에는 뭐라고 부르는지 모르지만, 박근태가 학생이었을 때는 일짱, 이짱, 삼짱으로 불렀다.

"민주영과 같이 다니는 남학생이라는 거죠?"

"패거리는 맞습니다. 그것도 이상하긴 하지만요. 김하준은 중학생 때 학폭을 당했다고 했거든요. 그런데 고등학교 와서도 등교 거부를 하다가 어느 날부터 갑자기 학교에 나오더니 바로 민주영 패거리에 들어갔어요. 이상하지 않나요?"

그런 일이 일어나지 말라는 법이 있을까?

"또 뭐가 이상하죠?"

"민주영을 제외하고 제 눈을 제대로 쳐다보는 학생은 그놈밖에 없어요."

곰 같은 덩치가 워낙 위협적이라 눈을 제대로 보기 힘들다는 생각은 들었다. 하지만 이상한 수준은 아니다.

전조협이 허리를 펴더니 씩 미소를 지으며 비밀을 몰래 알리는 것처럼 작게 속삭였다.

"사실은요, 그놈은 제 끄나풀입니다."

"끄나풀이요?"

"변호사님, 영화 〈신세계〉 아세요?"

경찰이었던 이정재가 조폭으로 범죄 조직에 잠입하는 이야기였던가.

"김하준이 이정재 역할을 한 거예요?"

"하하, 그렇습니다. 민주영을 물리치기 위해 제가 신세계 작전을 세웠죠."

갑자기 웃는다고?

"아까는 이 모든 게 김하준의 계략이라면서요?"

"그러니까 그놈이 절 배신한 겁니다. 영화처럼 된 거죠."

전조협의 얼굴이 순식간에 일그러졌다. 박근태는 전조협이 온전한 정신을 가지고 있는 건지 의심스러워졌다. 화냈다가, 웃었다가. 아무래도 불안정해보였다.

"알겠습니다. 전조협 씨 생각에는 김하준 학생이 사건에 깊은 관련이 있다는 말이죠? 이건 경찰에 알렸어요?"

"아니요, 구치소에서의 깊은 사색으로 나온 결론입니다."

박근태는 전조협이 무슨 소리를 하는지 이해할 수 없다. 다른 사람들을 만나봐야 할 것 같았다.

박근태가 접견을 마치려고 서류를 정리하자 전조협이 한층 더 가까이 다가와 작게 속삭였다. 커다란 눈에 핏발이 서 있었다.

"변호사님, 김하준은 악마예요. 어서 김하준을 잡아야 또 다른 피해를 막는다고요."

"또 다른 피해요?"

"변호사님도 녹음 파일 들어봤죠?"

"들었죠."

"마지막에 녹음을 정지시킨 게 바로 그놈이에요. 그러면서 파일을 지우라고 했어요. 절 위해서 지우라고요."

녹음 파일은 전조협의 살인을 입증하는 강력한 증거다.

"그런데 왜 안 지우셨죠?"

"기절하기 직전이었어요. 그놈이 누워 있는 제게 와서 웃으며 뭐라고 말했어요. 그 웃음…… 제 본능이 파일을 지우지 않은 겁니다."

"뭐라고 했는지는 기억이 나요?"

전조협은 눈알을 굴렸지만 기억이 나지 않는지 머리를 쥐어뜯었다.

"으…… 마지막에 뭔가가 더 있었는데 생각나질 않아요. 하지만 분명 기분 나쁜 뭔가가 있었다고요."

확실히 전조협은 정신상태가 이상한 것 같았다. 박근태가 가만히 얼굴만 쳐다보고 있자 전조협이 고개를 가로저으며 말했다.

"전 미치지 않았습니다."

그러고는 표정이 무섭게 변했다.

"아, 알겠어요. 진정하세요. 일단 제 나름대로 조사를 해보겠습니다. 김하준에 대해서도 알아볼게요."

박근태는 다른 것은 모두 제쳐두고 제일 먼저 김하준이라는 남학생을 만나보기로 했다.

열혈 교사

전조협의 아침은 학교 정문에 서서 등교하는 학생들을 매의 눈으로 관찰하는 것으로부터 시작된다. 이라고등학교의 학생부장이니까.

"너, 모자 쓴 놈 이리 와!"

모자챙으로 얼굴을 가린 여학생의 입술이 씰룩거렸다.

"학교에서는 모자 벗고 다녀라."

"아, 머리 못 감아서 그래요."

"그럼 머리를 감으면 되지."

"지각한단 말이에요. 저 무단 지각 엄청 했어요. 그래서 이제라도 안 늦으려고 머리 안 감고 오는 거예요."

그 말에 전조협은 시계를 봤다. 지금도 등교 시간이 아슬아슬했다. 스스로 구린 학생들은 항상 자기변명을 늘어놓는다. 이 학생은 머리를 감았든, 안 감았든 매일 아슬아슬하게 등교할 것이다. 안 감고 온 지금처럼 말이다.

"안 감아도 늦는구만."

그러자 여학생이 어이없다는 표정을 지었다. 하지만 더 잡아뒀다가는 진짜 지각이다. 이 여학생은 지각한다면 담임에게 전조협 탓이라고 핑계를 댈 것이다.

"일찍일찍 일어나라. 가봐."

그 말에 여학생이 고개를 1센티미터쯤 까닥했을까? 예의 없는 행동이지만 전조협이 지금까지 알파 세대라는 요즘 학생들을 봐온 결과, 저 정도면 양호한 편이다.

수업 예비 종이 울려 퍼졌다. 지금부터 등교하는 학생은 지각이다. 저 멀리 민주영과 김태수가 어슬렁거리며 걸어왔다.

"드디어 끝판왕의 등장이군."

전조협은 손목에 차고 있던 스마트워치의 녹음 버튼을 눌렀다. 철저히 준비하지 않으면 괴물에게 먹힌다는 것은 이미 예전에 경험했다.

교문 앞으로 다가온 민주영과 김태수가 장승처럼 교문을 지키고 있는 전조협을 보고 노골적으로 인상을 쓰더니 인사도 없이 지나치려 했다. 전조협의 코에 담배 냄새가 파고들었다. 전조협은 얼른 한껏 목소리를 낮췄다.

"어이! 어딜 그냥 들어가?"

둘은 그 자리에 섰다.

"아, 또 뭐요?"

민주영이 불쾌한 목소리를 냈다. 목 옆에 날개 모양 문신이 보였다. 내가 짱이다, 이거겠지.

대부분의 선생은 민주영과 김태수를 무시한다. 가뜩이나 피곤한 교사 생활에서 이놈들이랑 엮이면 더 피곤해진다는 것을 알기 때문이다.

똥이 무서워서 피하냐? 더러워서 피하지.

교사들이 정신 승리를 할 때 많이 외치는, 아주 좋은 마음가짐이다. 하지만 이 유용한 글귀는 이제 큰 문제로 변했다. 이놈들도 그걸 알기 때문이다. 더 날뛸수록 교사들의 관심은 멀어지고 자신들은 편해진다는 것을 중학생 때부터 몸으로 체득한 놈들이다.

민주영은 인근 중학교에 다닐 때도 유명했다. 소년원도 갔다 와서 또래보다 한 살 많다. 그래서 사실상 2학년까지 민주영을 건드리는 놈이 없다. 3학년은 입시 공부 때문에 세력 싸움에는 관심이 없다. 관심이 있더라도 소년원까지 갔다 온 괴물과 싸우고 싶은 학생은 없을 것이다.

심지어 민주영은 퇴학이 없는 중학교에서 강제 전학을 다섯 번이나 다녔다. 이 도시의 중학교들은 울며 겨자 먹기로 민주영을 주고받았다. 학생의 강제 전학 허가는 교장이 하기에, 상대 학교에서 강제 전학 학생을 받아줘야 자신의 학교에서 학생을 전학 보낼 수 있기 때문이다. 이건 뭐, 폭탄 돌리기하는 것도 아니고. 그래서 민주영은 지금도 행동에 거침이 없고, 일부 교사들은 민주영과 엮이는 것 자체를 두려워한다.

하지만 전조협의 교육관은 변하지 않았다. 그는 여전히 학생은 아직 미성숙하므로 지도로써 올바른 곳으로 이끌어야 한다고 생각한다. 그러나 예전보다 신중하게 접근하려고 한다. 쉽게 생각했다가 지난번에 민주영에게 1패를 당했기 때문이다.

"민주영! 여기는 고등학교야. 퇴학이 있다는 것 잊지 말라고."

민주영의 미간에 주름이 졌다.

"지금 협박해요?"

협박? 협박은 자기가 했지. 말려들면 안 된다. 이놈 때문에 골로 간 교사가 한둘이 아니다. 주먹으로 대응할 수도 있지만, 그 방법은 이미 실패했다.

전조협은 손으로 코를 막고 연극 톤으로 목소리를 한껏 올렸다.

"아휴, 근데 이게 무슨 냄새야? 담배 냄새가 코를 찌르네."

전조협이 고개를 쭉 빼고 킁킁거리자 민주영 옆에 있던 김태수가 움찔하며 점퍼 주머니에 손을 넣었다. 저 안에 담배가 있겠지. 김태수의 주머니로 향하는 전조협의 시선을 민주영이 매섭게 따라갔다.

학생인권조례 때문에 학생의 주머니를 뒤질 수는 없다. 민주영은 그것을 알고 있다. 그러니 자신이 김태수의 주머니를 뒤지길 바랄 것이다. 전조협은 검지로 민주영의 얼굴에 대고 손가락질했다.

"학교보건법에 의하면 학교의 모든 건물에서 금연이라는 것을 잊지 마라. 명백하게 법 위반하기 싫으면."

"무슨...... 지금 우리가 뭐, 담배라도 피웠다는 거예요?"

배 째라 작전. 이놈들은 욕을 하고도 혼잣말이라고 우긴다.

"자신 있으면 흡연 테스트 받아 보든가. 학생부실 가면 최신식 흡연 테스트기 있거든? 폐 속의 일산화탄소를 측정해서 한 시간 안에 담배를 피웠는지 알아낼 수 있지. 정확도가 엄청나, 미제라서."

어떠냐? 피할 길이 없지? 전조협이 승리의 미소를 짓자 민주영의 입술이 씰룩거렸다.

"왜 맨날 나만 괴롭히는 건데요?"

이것도 양아치들의 단골 멘트. 침착하게 대응하면 된다.

"이건 학생부장의 정당한 학생 지도란다. 지금 네 모습을 봐. 지각은 고사하고 가방도 없고, 슬리퍼까지 질질 끌면서 등교했잖아. 넌 발 시렵지도 않냐? 구스다운을 입고 왜 슬리퍼를 신는 건데."

"나 참."

민주영이 고개를 돌리며 한숨을 내쉬었다.

전조협은 김태수를 돌아보았다. 민주영의 똘마니라고는 하지만 이놈도 중학생 때 강제 전학을 세 번이나 다녔다. 키가 거의 180센티미터나 되고 덩치도 좋다. 민주영이 없었다면 이놈이 이라고 짱이 되었을 것이다.

"김태수, 너도 마찬가지야. 학교에서 염색 금지한 거 모르냐!"

"염색이 왜 금지예요? 규정에 된다고 써 있거든요."

"규정을 잘 봤어야지. 넌 빨간색으로 염색을 했잖아. 규정에는 '자연 갈색 수준'이라고 되어 있거든."

그러자 김태수가 눈을 깔며 전조협의 시선을 피했다. 전조협은 다시 민주영을 보며 손가락으로 민주영의 목을 가리켰다.

"넌 문신을 했고 말이야. 규정에는 남에게 혐오감을 주는 액세서리, 문신 등을 금지한다고 되어 있기도 하단다."

"제 문신은 혐오감을 주지 않는데요."

"혐오감은 네가 느끼는 게 아니라 상대방이 느끼는 거지."

"그럼 뭐, 문신을 도려내라는 거예요, 뭐예요?"

민주영의 목소리가 높아졌다. 좋아, 조금만 더 자극하면 된다.

"텔레비전에서 보니까 연예인들은 패치 같은 것을 붙여서 가리더만."

고개를 숙이며 다시 크게 한숨을 쉰 민주영이 곧 고개를 들었다. 어느새 표정이 바뀌어 있었다. 날카로운 삼백안. 양아치의 그것이다. 드디어 본성이 나오는 것이다.

"아, 씨발, 못 해 먹겠네."

됐다. 욕이다. 지금 상황은 다 녹음되고 있다고! 전조협은 속으로 쾌재를 불렀다.

"너, 지금 정당하게 지도하는 선생님한테 욕했냐?"

화를 못 이긴 민주영이 교문 옆의 커다란 화분을 발로 찼다. 하지만 너무 커서 그런지 도자기 화분은 꿈쩍도 하지 않았다. 전조협은 문득 화분이 깨지지 않아 아깝다고 생각했다. 기물 파손으로 처벌할 수도 있었는데.

"한주먹거리도 안 되는 게! 저게 선생만 아니면……!"

전조협은 체육 교사다. 곰처럼 크고 무거운 근육질 몸

을 가지고 있다. 대학에서 복싱 동아리도 했다. 체급은 슈퍼헤비급. 그러니 싸움이라면 누구에게도 지지 않을 자신이 있었다. 민주영은 키가 크고 탄탄한 몸이지만 자신과는 체급이 다르다. 마음만 먹으면 한주먹에 보낼 수 있을 것이다. 하지만 지난번의 패배를 생각하면 이렇게 하면 안 된다.

"너, 지금 분명히 선생님 위협했지?"

"아, 쌩, 진짜 개빡치네. 한 대 쳐버릴까?"

학생에게 맞는 것은 자존심이 무너지는 최악의 상황이지만, 딱 한 번만 눈감으면 여론은 전조협 편이 될 것이다.

"너 지금 교권 침해했어. 아니, 이건 형법으로 다스려야 하나?"

약이 바짝 올랐는지 민주영의 주먹이 부르르 떨렸다. 전조협은 주먹이 움직일 궤적을 그려보며 방어 준비를 했다. 잽이 날아오면 살짝 흘리면서 맞으면 된다.

그런데 민주영이 움직이려는 찰나, 김태수가 민주영을 붙잡았다. 사실 김태수의 덩치는 민주영보다 훨씬 위협적이다. 하지만 소년원에 다녀온 것은 양아치들에게 최강의 무기다.

"형, 참아."

"놔! 씨발, 소년원 한 번 더 가지, 뭐!"

그래, 너만 없어지면 우리 학교에 행복이 찾아온다. 어서 주먹을 날려라. 드디어 끝판왕을 물리칠 기회가 왔다.

병신. 아무것도 못 하는 놈이.

전조협은 민주영을 도발하려 입 모양으로만 뻐끔거렸다. 지금은 녹음 중이니까. 민주영이 알아들었는지 몸부림을 쳤다.

"이 씨발놈이!"

민주영의 팔이 김태수의 손에서 빠져나왔지만, 주먹은 전조협의 얼굴에 도달하지 않았다. 아니, 못했다. 김태수가 힘으로 민주영을 잡아끌었기 때문이다.

"형, 어서 가자."

그러자 민주영은 못 이기는 척 끌려가다가 저 멀리에서 욕지거리를 뱉어냈다.

"야, 너 왜 말려? 진짜 죽여버리고 빵 가면 되는데! 우리는 살인해도 별로 오래 있지도 않는다고. 금방 나와!"

"형, 개가 문다고 사람이 개를 물 순 없잖아."

"하긴 그렇네. 그런데 저렇게 무식한 개도 있나?"

다 들리게 일부러 크게 말한다. 이를 악무느라 전조협의 턱관절이 소리를 내며 움직였다.

"사람이 개를 물 순 없다고?"

심장에서 생겨난 열이 뇌로 전해지는 느낌을 받으며 전조협은 스마트워치 녹음 기능을 껐다.

"이 씨발놈들이! 한주먹 거리도 안 되는 새끼들이!"

그러고는 허공에 원투를 날리며 분노를 쏟아냈다.

얼마나 주먹질을 했을까? 전조협은 진정하려 숨을 몰아쉬었다.

"넌 이제 선도위원회행이야. 진짜 미친개가 얼마나 무서운지 보여주겠어."

말은 이렇게 했지만, 전조협의 가슴속에서는 분노가 나가지 못하고 더욱 커지고만 있었다.

시클리드

 이순근은 화장실 거울로 자신의 모습을 보며 한숨을 내쉬었다. 살이 없어 갈비뼈가 두드러지게 보였다. 드러난 갈비뼈로 기타를 칠 수 있을 정도였다. 옆구리에는 푸른 멍이 군데군데 들어 있었다.
 "……시발놈."
 악마 같은 그놈의 얼굴이 떠올랐다. '볼 커터'라는 별명의 양아치. 볼 커터는 아마존에 사는 물고기로, 이빨이 상어 못지않아 '살인 물고기'라고도 불린다고 한다. 그놈들은 특이하게도 어류로 서로의 별명을 지었다.
 "멸치 새끼야. 내일은 꼭 사 와라."
 며칠 전 볼 커터가 담배를 사 오라고 시켜서, 순근은 모자를 푹 눌러쓰고 편의점에 들어갔다. 하지만 알바는 순근이 학생인 것을 금방 간파했다. 알바가 오히려 미성년자처럼 보였는데 말이다.
 "미성년자 아니에요."
 "민증 가져와."
 "아, 그냥 파세요. 제가 피울 것도 아니라고요."
 "꺼져라. 경찰 부른다."

그날 순근은 편의점 다섯 군데를 더 돌았지만, 결국 담배를 사지 못했다. 순근은 자신의 옆구리 멍을 어루만졌다. 통증이 올라왔다.

"개새끼들. 자기들도 못 사면서 나한테 시키고 지랄이야."

이 멍은 저번에 담배를 못 사 가서 맞은 멍이다. 볼 커터는 때릴 때 멍이 잘 보이는 얼굴은 절대 때리지 않는다.

순근은 팔을 모아 흉근에 힘을 주었다. 아무리 힘을 주어도 빈약한 가슴에서는 근육이 튀어나오지 않았다. 키는 176센티미터. 중간 이상은 된다. 하지만 몸무게가 53킬로그램이라 복싱으로 따지면 밴텀급밖에 되지 않는다. 볼 커터는 키는 순근과 비슷하지만 80킬로그램이 넘는 근육질이다. 그놈은 운동에 원수를 졌는지 학교를 마치면 곧장 헬스장에 간다. 그러니 멸치 같은 작은 물고기는 무시무시한 이빨을 가진 볼 커터를 절대 이길 수 없다.

처음에는 순근도 소심하게나마 반항을 했다. 하지만 복부에 꽂힌 주먹 한 방에 내장이 터진 것처럼 숨이 턱 막혔다. 그 후 반항은 꿈도 꾸지 않게 되었다.

"순근아, 아직도 샤워해? 어서 밥 먹고 학교 가야지."

어머니의 목소리다.

"곧 나가요."

순근은 서둘러 옷을 입고 욕실 밖으로 나갔다. 양복 입은 아버지가 식사를 하고 있었다. 아버지는 매일 불만스러운 얼굴을 하고 있다. 순근이 식탁에 앉자 숟가락을 내린 아버지가 입을 열었다.

"이순근, 성적이 갈수록 내려가는 것 같다."

고등학교에 입학한 지 얼마 되지 않아 시험도 보지 않았기에 성적 변화는 시작도 안 했다. 어머니가 밥을 퍼 순근의 앞에 놓으며 말했다.

"학원 모의고사 잘 못 봤다며?"

아, 학원 시험은 대충 보았다. 지금 그게 문제가 아니라 공부할 정신이 아니라고 말하고 싶었다. 순근이 말이 없자 아버지가 한숨을 쉬며 냅킨으로 입을 닦았다.

"너, 잉여인간이라는 말 알지?"

순근이 고개를 끄덕이자 아버지는 말없이 자리에서 일어났다.

순근의 아버지는 대기업 부장이다. 순근은 그게 어른들의 사회에서 어느 위치에 있는지 잘 모르지만, 지금 살고 있는 아파트가 이 지역에서 가장 비싸다는 것은 알고 있다. 게다가 아버지는 외제차도 몬다. 그리고 어머니도 일을 하고, 국내 브랜드 중형차를 운전한다.

중학생 때 친구들의 집에 놀러 갔을 때, 순근은 몸으로 체득했다. 자신의 가정이 부족하지 않다는 것을, 소위 말하는 중산층 이상이라는 것을.

"사회에서 쓸모 있는 인간이 되려면 반드시 대학을 나와야 한다. 그저 그런 대학도 안 돼. 인서울 대학이 아니면 회사 서류 전형에서부터 떨어져. 이 점 반드시 기억해라."

지긋지긋한 잔소리. 반항하고 싶었지만, 할 수 없었다. 초등학생 때 해보았는데, 돌아온 것은 가혹한 매질뿐이었다. 그 이후로 순근은 매가 무서워 아버지의 말에 그저 고개만 끄덕였다. 이제는 아버지보다 키가 커졌는데도, 아버지가 들고 있는 회초리를 보면 여전히 몸에서 힘이 빠져나갔다.

중학생 때 담임이 반 아이들에게 한 심리 실험 이야기를 해준 적이 있다. 개에게 전기충격을 주며 피할 수 없는 상황을 만든다. 개는 고통에 비명을 지르며 도망치지만 어떤 짓을 해도 전기충격을 피할 수 없다. 나중에는 버튼을 누르면 전기충격에서 벗어나게 해준다. 새로운 개들은 도망 다니다가 버튼을 눌러 고통을 피하지만, 계속 전기충격을 받아온 대부분의 개는 낑낑거리면서 고스란히 받아내기만 했다고 한다.

나는 아버지에게서 벗어날 수 없다. 그저 개처럼 전기충격을 받아내야 한다. 순근은 고개를 식탁에 박은 채 살짝 끄덕였다.

"네, 열심히 할게요."

아버지는 미세하게 고개를 가로젓고는 출근 준비를 시작했다. 순근은 숟가락을 들었다. 아버지의 잔소리 때문에 입맛이 제대로 떨어졌지만 먹어야 한다. 살을 찌워야 한다. 그래야 아버지가 말하는 잉여인간이라도 될 수 있다. 잉여인간은 쓸모없지만 인간이지 않은가. 이대로 있다가는 인간은커녕 먹이사슬 최하층인 멸치에서도 벗어나지 못한다. 아버지에게서는 못 벗어나도 그놈들에게서는 벗어나야 한다. 그러려면 몸을 키워야 한다.

순근은 밥 한 공기를 미역국에 말아 억지로 입안에 욱여넣었다. 근육은 단백질로 이루어져 있지. 접시에 놓인 달걀프라이 두 개도 한 번에 넣고 씹었다.

"요즘 잘 먹네. 더 해줄까?"

어머니가 게걸스럽게 먹는 순근을 보고 말했다. 사실 음식만으로는 안 된다. 아예 체질을 바꿔야 한다.

"엄마, 체력이 떨어져서 억지로 먹는 거야. 공부하려면 체력이 강해야 하는데…… 그거 있잖아, 보약. 보약이라도 먹으면 안 될까?"

"그래? 아버지께 말해볼게."

백만 원은 들겠지만, 공부한다고 하면 아버지는 보약을 지어줄 것이다.

밥을 먹은 순근은 바로 학교로 갔다. 조용히 교실로 들어가 자리에 앉았다. 볼 커터와 백상아리는 아직 오지 않았다. 뭐, 지각을 밥 먹듯이 하는 놈들이라 언제 등교할지 모른다. 순근은 창밖 하늘을 보면서 두 놈이 결석하기를 기도했다.

여학생들은 스마트폰을 들여다보며 실실거리거나 화장품을 꺼내 발랐다. 남학생들은 영장류처럼 큰 소리로 떠들며 서로를 잡으러 다니거나 스마트폰 게임을 했다. 쓸모없는 일만 하고 있지만, 열정이 있는 아이들의 얼굴을 보니 순근은 어쩐지 애들이 부러웠다.

종이 울리자 담임이 들어왔다. 기분 나쁜 일이 있는지 인상을 쓴 채였다.

"이 새끼들아, 뭐가 좋다고 시시덕거리냐?"

담임의 부루퉁한 얼굴 위로 '오늘도 무사히'라고 쓰인 급훈이 보였다. 급훈이 오늘도 무사히라니.

담임은 교실을 쭉 둘러보다가 빈 두 자리를 빤히 보았다. 그때 교실 뒷문이 벌컥 열렸다. 볼 커터와 백상아리였다. 둘은 인사도 없이 곧바로 자기 자리에 가서 의자 소리를 내며 앉았다.

"모두 왔군. 오늘은 7교시에 소방 훈련을 한다니 그렇게 알도록."

담임은 선생 자질이 없는 사람이다. 분명 저 둘이 지각을 했는데 지도를 위한 일언반구도 없다. 물론 볼 커터와 백상아리가 아니라도 관심을 가지지 않겠지만 말이다. 급훈처럼 아무 일 없이 하루가 지나고, 한 달이 지나면 월급을 받아 가겠지.

"야, 멸치!"

담임이 나가자 뒤에서 볼 커터가 순근을 불렀다. 순근은 벌떡 일어서서 볼 커터에게 다가갔다.

"사 왔지?"

순근은 주머니에서 담배 한 갑을 꺼냈다. 담배를 보자 백상아리가 다가와 바로 낚아채갔다.

"오, 너 이 새끼 어떻게 뚫었냐?"

"노숙자한테 부탁했어."

"멸치 새끼 주제에 머리 좋네. 그럼 이제부터 매일 하루에 한 갑씩 사 와라."

그 말에 순근의 눈이 커졌다.

"말도 안 돼!"

그러자 백상아리가 순근의 뒤통수를 한 대 쳤다.

"이 새끼가 어디서 눈깔을 크게 떠?"

볼 커터도 자리에서 일어났다. 순근은 괜히 몸이 움츠러들었다.

"노숙자로 뚫었다며? 그럼 문제없잖아."

"그, 그래도……"

"멸치는 그냥 시키는 대로 하기만 하면 되는 거야."

볼 커터가 순근의 어깨에 손을 올리며 말했다. 존재도 없는 말에 무게가 실려 있었다. 거부할 수 없었다.

"샤크, 아직 시간 있으니 한 대 빨자."

볼 커터와 백상아리는 교실 밖으로 나갔다. 순근은 나가는 둘의 뒤통수를 째려보며 이를 뿌드득 갈고는 자리로 돌아왔다. 다른 아이들은 여전히 스마트폰 게임을 하고, 웃고, 떠들었다. 모른 척하는 아이들도 짜증 나고, 자기만 오늘도 무사하면 되는 담임도 짜증 났다.

학교를 마치고 순근은 어제 담배를 샀던 편의점 앞으로 갔다. 담배를 한꺼번에 많이 사놓아야 그나마 걱정을 좀 덜 것 같아서였다.

그런데 어제 그 노숙자가 보이지 않았다. 이리저리 헤매며 찾다가 근처 공원 벤치에 누워 있는 노숙자를 발견한 순근이 벤치로 다가가 보니 노숙자는 잠을 자는지 눈을 감고 있었다. 그의 몸에서 쓰레기 냄새가 슬슬 올라왔다. 순근은 코를 막았다.

"아저씨."

순근이 부르자 노숙자가 눈을 힐끗 떠 순근의 얼굴을 보고는 이상한 신음을 내며 일어났다.

"어제 담배 심부름을 시킨 학생이군."

순근은 거두절미하고 주머니에서 오만 원짜리 지폐를 꺼냈다. 그나마 다행인 점은 용돈만은 언제나 충분하다는 것이다.

"오늘은 한 보루 사주세요. 오천 원 남은 것은 가지시고요."

하지만 노숙자는 돈을 받지 않고 순근의 눈을 바라보며 말했다.

"점심을 걸렀더니 배가 고프군."

돈을 더 달라는 말이었다. 순근은 주머니에서 만 원짜리 하나를 더 꺼냈다. 노숙자는 "꼭 그런 뜻은 아니었는데"

라고 말하고는 돈을 받아서는 편의점으로 향했다. 밖에서 기다리고 있자 노숙자가 양손에 비닐봉지를 들고 나오더니 순근에게 하나를 내밀었다. 봉지 위쪽으로 담배 보루가 튀어나와 있었다.

걸리면 어쩌려고…….

순근은 빠르게 주변을 돌아봤다. 다행히 아무도 없었다. 얼른 옆 벤치에 앉아 포장을 뜯고 담배 열 갑을 비닐봉지에 넣은 다음 잘 묶어 가방 속에 숨겼다. 그동안 노숙자는 자신의 비닐봉지에 든 음식을 벤치에 풀어놓았다. 도시락, 소주 두 병, 번데기 캔 하나였다. 순근은 빨리 이곳에서 벗어나고 싶었지만, 미래를 대비해야만 했다.

"아저씨, 매일 여기 계시는 거예요?"

노숙자가 소주 한 병을 들어 따서는 병째 꿀꺽꿀꺽 마셨다. 소주는 엄청 쓰다고 들었는데. 하지만 그는 소주를 마시고도 표정 하나 변하지 않았다.

"이리저리 돌아다니지. 왜? 또 담배 심부름 시키려고?"

담배 열 갑이면 열흘 치다. 분하지만 평안한 학교생활을 위해서는 볼 커터에게 계속 담배를 바쳐야 한다.

"2주 후 저녁에 여기로 와주세요."

노숙자는 고개를 끄덕이고 숟가락으로 밥을 퍼 입으로

가져갔다. 드디어 볼일을 마친 순근은 뒤돌아 걸었다. 그때 뒤에서 노숙자의 목소리가 들렸다.

"너 왕따냐?"

왕따라는 말에 자존심이 상한 순근이 돌아보았다.

"아닌데요? 제가 피울 거라고요."

하지만 노숙자의 눈을 마주 볼 수가 없었다. 그러자 노숙자는 다시 소주병을 들어 꿀꺽꿀꺽 소주를 마셨다.

"네게서 담배 냄새가 나지 않아. 담배를 피운다면 냄새가 날 텐데."

노숙자는 정답을 아주 간단히 알아냈다. 부끄러움이 순근의 가슴에서 솟아올랐다. 사회에서 실패한, 아버지가 말하는 잉여인간인 노숙자에게조차 비난을 받은 것 같았다. 순근은 화가 나 소리쳤다.

"아니에요! 잉여인간 주제에 뭘 안다고!"

노숙자는 깊은 눈으로 순근을 잠시 쳐다보더니 다시 소주병을 입으로 가져갔다.

"아니면 됐다."

"씨발!"

순근은 집으로 뛰었다. 세상만사에 짜증이 났다. 누구도 자신을 구해주지 않는다. 학교도 집도 모두 외면하면서 올바른 사람이 되라고 강요만 한다. 차라리 저 노숙자처럼 세상을 등지고 아무것도 안 하고 싶다는 생각이 들었다.

국선변호인

이라고등학교에 도착한 박근태는 곧바로 교장실로 안내받았다. 이마가 훤히 드러난 교장의 얼굴에 깊은 주름이 새겨져 있었다. 학교에서 일어난 사망 사건으로 경찰과 기자 들에게 시달렸다는 게 여실하게 느껴졌다.

자리에 앉자 젊은 여성이 꽃무늬가 그려진 찻잔에 인삼차를 내왔다. 교장이 차를 한 모금 마시더니 물었다.

"변호사님께서 무슨 일로 학교에 방문하셨나요?"

"전조협 선생의 변호를 위해 몇 가지 알아보려고요."

"변호는 무슨. 학교에서 학생을 죽였어요. 살인자를 뭐 하러 변호합니까? 그리고 경찰에서 이미 다 조사했습니다."

경찰이야 증거를 잡으려고 전조협에게 불리한 것만 조

사했을 것이다. 교장이 불편함을 대놓고 드러냈지만, 박근태는 그냥 무시하고 물었다.

"피해자 민주영 학생은 어떤 학생이었습니까? 말로는 학교의 골칫덩어리였다고 하던데요."

"말이 필요 없는, 누구나 아는 악동이었죠."

"중학생 때부터 강제 전학을 다니고…… 소년원도 갔다 왔다고 하던데요."

"맞습니다. 그 정도로 악동이었죠."

"전조협 선생은 그래서 교장선생님께서 자신을 학생부장으로 임명하고 그를 쫓아내라고 했다고 하던데요."

그 말을 들은 교장이 발끈했다.

"그런 소리 한 적 없어요! 어떤 교장이 학생을 학교에서 쫓아내라고 합니까?"

교장의 벗겨진 이마가 붉게 물들었다.

"아, 전조협 선생이 한 말이라……."

"그 사람은 살인자라고요. 변명이겠죠!"

"아직 살인이 확정된 것은 아닙니다."

박근태는 교장의 말을 정정해주었다. 교장은 "사람이 죽었으면 살인이지"라고 투덜거리며 앞에 놓인 찻잔을 들어 마셨다.

"전조협 선생이랑 민주영 학생이 사건 이전에도 부딪힌 적이 있었다고 들었는데요."

"네, 전조협 선생이 학생부실에서 민주영 학생의 목을 졸랐어요. 민주영이 겨우 탈출해서 파출소로 달려갔습니다."

교장은 입이 타는지 차를 다시 꿀꺽 마시고는 말을 이었다.

"글쎄, 민주영네 아버지와 합의를 보는데 돈도 없어서 저보고 합의금을 내라고 했다니까요? 그리고 교장실에 그 아버지가 왔었는데……."

순간, 박근태는 교장이 뭔가 생각이 났지만 입을 닫은 것 같다는 느낌이 들었다.

"으흠, 아무튼 사건이 많았어요."

교장은 다시 찻잔을 들었다.

"기사에서 보니 전조협 선생은 이라고등학교에 오기 전에도 이런 일이 있었다고 하던데요."

"저도 몰랐습니다. 대학생 때 폭행으로 벌금형을 받았던데, 그걸 어떻게 알겠습니까?"

"교사 임용할 때 전과를 보지 않나요?"

"전조협 선생이 들어 온 시절에는 그런 제한이 없었어

요. 요즘에나 강조하는 거죠. 그리고 아동에게 한 폭력도 아니었고요."

"지난 학교에서도 학생들과 문제가 있었다고 하던데요."

"학생부장을 하면 아이들과 부딪치는 게 당연합니다. 학부모와 아이들은 언제나 자기들만 피해자라고 하죠."

그러고는 잘못 말했다고 생각했는지 "전조협 선생은 과하지만요"라고 얼른 덧붙였다. 아무래도 교장의 방어적 태도는 극에 달한 것 같았다. 더 물어도 계속 전조협 잘못이라고만 할 것이다. 더는 교장에게 나올 말이 없을 것 같았다. 박근태는 허벅지를 때리며 일어났다.

"1학년 4반 담임선생님을 만나 볼 수 있을까요?"

"우리도 피곤해요. 이렇게 들쑤시고 다니면 학교에 다니는 구백 명의 학생들이 피해를 봅니다. 다른 아이들도 생각해주세요."

"금방 가겠습니다. 걱정하지 마세요."

"근데 민주영 학생은 7반이었습니다."

"알고 있습니다. 하지만 오늘은 김하준 학생 담임선생님을 만나고 싶어서요."

교장은 다 귀찮은 듯 손을 허공에 흔들었다.

"2층 1학년 교무실로 가시면 모두 만나보실 수 있을 겁니다."

박근태는 인사하고 나오려다 다시 고개를 돌려 물었다.

"전조협 선생 말로는 민주영이 없으니 학교에 평화가 왔을 거라고 하던데, 진짜 그렇나요?"

그러자 교장이 멋쩍은듯 기침을 하면서 "말도 안 되는 소리를 하네"라고 중얼거렸다.

교장실에서 나온 박근태가 1학년 교무실에서 잠시 기다리고 있자 수업을 마치는 종이 울렸다. 한순간 복도가 시끄러워지고 수업을 마친 교사들이 교무실로 들어왔다. 김하준의 담임은 박수현이라는 젊은 여교사였다.

"커피 드릴까요?"

"괜찮습니다. 교장실에서 한 잔 마셨습니다."

"잠시만요."

박수현은 손을 닦고 커피를 한 잔 타와 박근태의 맞은편에 앉았다.

"하준이는 그날 이후로 학교에 나오지 않다가 전학 갔어요."

"네? 전학이요?"

"살인사건 현장에 있었으니 충격을 받았겠죠."

김하준이 학교에 없다…… 같이 있던 친구가 죽었으니 많이 놀랐겠지. 게다가 김하준도 전조협 선생과 격투를 했다고 하니, 당연히 트라우마가 생겼을 것이다.

"언제 갔나요?"

"한 사흘 지났나? 할머니가 오셔서 전학 서류를 작성했어요."

"주소를 알 수 있을까요?"

"부선교육청 담당 학교로 갔다는 것밖에 몰라요."

부선교육청이라면 경기도 남부다. 여기는 경기도 서부니 꽤 멀리 이사 간 것이다.

"전화번호는 아시죠?"

"그렇지 않아도 연락할 일이 있어서 해봤는데, 할머니도 하준이도 전화를 받지 않더라고요."

"그런데 전학이 이렇게 간단한 건가요? 할머니만 와서 서류를 작성하고, 이사 가는 곳도 모르고 말이에요."

"가능해요. 할머니가 하준이 보호자고, 하준이는 이미 그전에 전학 서류에 사인을 했으니까요. 그리고 주소는 사건 피해자라서 하준이가 미리 비공개를 요청했어요."

뭐, 그의 말이 틀린 것은 아니다. 원래는 부선교육청 이야기도 비밀로 했어야 할 것이다. 박수현이 커피를 한 모금 마시고는 입을 열었다.

"하준이는 학교폭력 피해자였어요."

전조협도 같은 말을 했다. 그런데 알아주는 악동 민주영 패거리로 들어갔다고. 민주영이 짱이고, 김태수, 김하준이 민주영의 왼팔, 오른팔이라고 했다. 그런데 학폭 피해자였다? 박근태가 이 모순적인 상황이 무슨 의미인지 생각하고 있는데 담임이 다시 말을 이었다.

"하준이는 입학식 날부터 학교에 나오지 않았어요. 입학원서에 적혀 있는 연락처로 연락해보니 할머니와 둘이 살고 있더라고요. 여기서 조금 먼 곳에 있는 중학교를 나왔는데, 그때 학폭을 당해서 등교 거부를 한다고 했어요. 중학교도 병원 학교, 숙려제 등등으로 겨우 졸업만 했다네요. 그런데 입학하고 한 달쯤 지났을까요? 어느 날 갑자기 하준이가 등교하기 시작했어요."

학교폭력 때문에 등교를 거부하던 학생이 갑자기 학교에 나왔다. 게다가 학교에 나오자마자 일진급이 되었다?

"전조협 선생님이 말하길, 김하준은 민주영과 같은 패거리, 그러니까 일진이고 아주 나쁜 놈이라고 하던데요."

"가끔 민주영이랑 같이 다니는 것을 보긴 했지만, 제가 보기에는 적극적으로 어울리는 것 같지는 않았어요. 하준이는 일진도, 나쁜 놈도 아니고요."

"학교폭력 피해자가 갑자기 가해자로 변할 수 있나요?"

"뭐, 없지는 않겠죠. 중학교에서 고등학교 올라가는 시기에 남학생들은 키가 많이 자라거든요. 하지만 하준이가 그랬을 거라고는 절대 생각하지 않아요."

박근태도 남고를 나와서 잘 안다. 남고는 동물의 왕국이다. 사자는 모든 동물을 괴롭힌다. 그 아래 계급인 하이에나는 사자를 피하면서 초식동물들을 괴롭힌다. 초식동물들도 스스로 살기 위해 더 작은 초식동물들을 괴롭힌다. 피해자가 되지 않으려고 다른 동물을 피해자로 만드는 것이다. 김하준도 학교에 다시 나오려고 민주영에게 붙었을지도 모른다.

"민주영과 김태수는 어떤 아이들인가요?"

"아시는 대로요."

박수현이 갑자기 어물쩍 대답했지만, 박근태의 귀에는 정확하게 "나쁜 놈"이라고 들렸다.

"사건 현장에 김하준 학생이 있었어요. 그럼 민주영 패거리가 확실하겠죠."

"하지만 변호사님, 전 하준이가 왜 사건 현장에 있었는지 아직도 모르겠어요. 하준이는 정말 착한 아이거든요."

"무슨 뜻이죠?"

"하준이는 예의가 발랐어요. 민주영과 김태수는 외모부터 껄렁껄렁하고, 수업 시간에는 잠만 자고, 선생님 알기를 우습게 알았거든요. 반면 하준이는 교복도 단정히 잘 입었고, 수업도 잘 들었어요. 무슨 말인지 아시죠? 선생님들 입장에서 민주영은 상대하기조차 싫은 애예요. 하지만 하준이는 절대 그런 타입이 아니에요."

"그렇다면 김하준은 왜 민주영과 같이 다녔을까요?"

"저도 하준이가 걱정돼서 왜 그 애들이랑 다니는지 물어본 적이 있어요."

"뭐라고 하던가요?"

"걱정하지 말라고 했어요."

"걱정이요?"

"네, 금방 다시 돌아올 테니 걱정하지 말라는 느낌이었어요. 민주영과는 필요에 의해 그저 잠시 만날 뿐이라는…… 그런 거요. 예의 바르고 문제를 일으키지 않는 아이가 그렇게 말하니 믿고 놔뒀죠."

박근태는 의자에 몸을 기댔다. 뭔가 이상한 느낌이 들었다. 전조협은 김하준이 악마라고 했는데, 김하준의 담임은 멀쩡한 학생이라고 한다.

"제가 김하준 학생을 만날 방법이 없을까요? 하준 학생과 연락되는 반 친구들은 없나요?"

"네, 아이들에게 물어도 아무도 모르더라고요. 하준이는 항상 조용히 있었어요. 친구를 만들지도 않았고요."

그러니까, 김하준은 신기루처럼 사라진 것이다.

"사진은요? 같이 찍은 사진은 없어요?"

박수현이 잠시 생각하는가 싶더니 스마트폰을 꺼내 뒤졌다.

"언젠가 단체 사진을 찍은 게 있는데…… 아, 여기요."

교실에서 찍은 셀카였다. 아이들이 뒤에 배경처럼 있었다. 박수현이 손가락으로 한 아이를 가리켰지만, 다른 아이의 얼굴에 가려 눈만 겨우 보였다.

"……이 사진으로 김하준 학생을 알아보기란 불가능하네요."

그때, 언제부터 서 있었는지 테이블 옆에 있던 한 남교사가 끼어들었다.

"김태수는 우리 반 교실에 있습니다."

김태수의 담임인 듯했다. 박근태에게는 이 미궁을 헤쳐 나가기 위한 정보가 더 필요했다. 김태수는 많은 것을 알려줄 것이다.

"감사합니다. 제가 좀 만나볼 수 있을까요?"

"당연히 도와야죠. 상담실로 가시죠."

박근태는 박수현에게 감사하다는 인사를 하고 남교사와 복도로 나왔다.

"여기 들어가셔서 잠시 기다리세요."

"아, 선생님."

김태수를 만나기 전에 물어볼 것이 있었다.

"선생님이 생각하시기에 김하준은 어떤 학생인가요?"

"음, 하준이는 착한 아이죠."

"그럼 선생님 반 김태수는요?"

그 말에 남교사가 흥, 하고 웃는 것 같았다.

"보시면 알아요."

열혈 교사

학교에서 학생부장은 주로 체육 선생이 맡게 된다. 체육 담당에 덩치도 좋은 전조협은 학생들에게 악역인 학생부장이 아주 잘 어울렸다. 학기 초, 자기 몸보신에만 열을 올리는 교장이 전조협을 불렀다.

"전조협 선생이 다시 학생부장을 맡아줘야겠어."

전조협은 지난해까지 학생부장을 맡았다. 하지만 과도한 지도로 학생과 학부모에게 많은 민원을 받아 교장에 의해 잘렸다. 그리고 지난 일 년은 1학년 담임을 하면서 조용히 보냈다. 그 공백을 뒤로하고 다시 학생부장을 맡으라는 것이다. 전조협은 그 이유를 알고 있었지만 작년에 잘린 것에 대한 분풀이로 조금 튕겨보기로 했다.

"작년에는 학교를 위해서 물러나라고 하셨지 않습니까?"

"전조협 선생만큼 적임이 없어."

"이러시면 지금 학생부장님인 최진식 부장님이 서운하시죠."

그러자 교장이 앞에 있는 찻잔을 들어 한 모금 마셨다.

"학생부장이라면 아이들을 휘어잡을 수 있어야지."

하긴, 최진식은 너무 무르다. 오직 규칙과 규정만 이야기하는데 그렇게는 애들을 이길 수 없다. 규정과 강한 훈육 사이를 아슬아슬하게 넘나들어야 한다.

"전조협 선생도 알지? 그 신입생 말이야."

"악질이 하나 들어온다던데요."

"인근 중학교 교장단 모임에서 걔 때문에 난리도 아니었다더군. 아예 협정을 맺었었다니까? 순번을 매겨서 돌아가면서 그 학생을 받기로. 중학교는 의무교육이니 안 받을 수도 없잖아."

전조협은 속으로 고개를 내저었다. 교장이라는 사람이 저걸 자랑이라고 말한다. 선생들이 못하면 교장이라도 교장실에 불러서 어떻게든 지도를 해야지. 역시 교장들은 그저 아무 일 없이 정년퇴직을 하길 원한다.

"그래서 제게 뭘 바라시는 겁니까?"

교장이 소파에 몸을 기대며 손을 흔들었다.

"바라긴 뭘 바라? 그저 학교가 지금처럼 안전하기를 바라는 거지."

하지만 얼굴을 보니 악질을 쫓아버리라는 표정이다. 교장의 저런 태도에 응하고 싶지는 않았지만, 전조협의 가슴에는 아직 교사로서의 열정, 학생들을 바른길로 이끈다는 교육관이 살아 있었다. 물론 진짜 망나니 같은 놈들을 바른길로 이끈다기보다 늘대로부터 양 떼를 지키는 거지만 말이다.

전조협은 생각했다. 지금은 엄살을 더 떨어야 한다. 학생부장을 하더라도, 그 전에 얻어낼 것을 많이 얻어내야 한다.

"저도 지쳤습니다. 아무도 알아주지 않는 학생부장 해 봤자 제 정신 건강만 안 좋아집니다."

"누가 안 알아줘? 나는 그 노고를 충분히 알아. 그래서 이렇게 다시 부탁하는 거잖아."

교장이 꼬리를 내렸다.

"뭐, 생각해 보겠습니다."

"생각은 무슨? 톡 까놓고 말해서, 지금 비상이야. 민주영 말고도 같은 중학교에서 김태수라는 학생도 같이 와. 그 둘이 성민중학교를 아주 망쳐놨어. 소송에, 신고에…… 학생들이 이사를 가면서까지 전학을 갈 정도라니까. 교장들도 그래. 그 학교 교장으로 발령 나면 명퇴 신청한다는 교장도 있어."

그건 교사들 사이에서도 마찬가지다. 그 중학교는 기피 학교 1등이니까.

"수업 지원도 충분히 해줄 테니 부탁해."

선생들이 학생부장을 하도 안 하니, 교육청에서는 학생부장의 수업 시수를 줄일 수 있도록 안내하고 있다. 전조협은 이 정도면 얻어낼 것은 얻었다고 생각해 찻잔을 들어 마셨다. 대답이 없으니 교장이 카드를 하나 더 꺼냈다.

"내 근무 성적도 잘 줄 테니까. 전조협 선생만이 우리 이라고등학교를 지킬 수 있다고."

근무 성적은 승진에 중요하다. 전조협은 아직 경력이 부족하기에 승진 근무 성적은 필요 없지만, 근무 성적을 양보한다는 조건을 거는 것을 보니 다른 것도 얻어낼 수 있을 것 같았다.

"좋습니다. 교장선생님께서 그렇게까지 말씀하시니 한번 해 보죠."

그렇게 전조협은 다시 학생부장으로 복귀해 민주영 패거리와의 한판 전쟁을 시작하게 되었다.

민주영은 개학식이 일주일 지난 후쯤부터 그 악명을 떨치기 시작했다. 양아치들이 모두 그렇지만, 처음에는 다들 교사들의 간을 본다.

한 여교사가 민주영이 자신에게 욕을 했다며 학생부실을 찾아왔다. 학생부실에 불려 온 민주영은 다리를 꼬고

의자에 앉아 있었다. 남자들 사이에서는 기선 제압이 필요하다고 생각하는 전조협은 가슴에 공기를 가득 품고 소리쳤다.

"이 새끼가 여기가 어디라고 다리를 꼬고 앉아 있어?"

그러자 민주영이 전조협을 힐끗 보고는 다리를 풀더니 창문을 바라봤다. 전조협의 외모를 보면 모두 주눅 들기 마련인데, 민주영은 침착했다. 보통 놈이 아니라더니 정말 그런 것 같았다. 전조협의 가슴속에서 뭔가가 끓어 오르기 시작했다.

"야!"

"제 이름 민주영인데요."

불량한 자세, 불량한 대답이었다.

"너 수학 선생님께 욕했다며?"

"안 했는데요."

발뺌은 양아치 같은 놈들의 전매특허다.

"뭘 안 해? 네가 욕한 거 들은 애가 한둘이 아닌데!"

"정확히 말씀하셔야죠. 전 혼잣말 한 건데요. 수학 선생님께 한 게 아니고요."

"허공에다 욕을 했다 이거냐?"

"네, 혼잣말이요. 다른 애들도 뻑하면 하는 추임새 같은 거요."

"그걸 변명이라고 하냐?"

"변명 아니에요. 사실을 말하는 거지."

그때 복도를 지나가며 떠드는 남학생들의 목소리가 들렸다.

"씨발년아, 잡히면 죽인다!"

"잡아봐라, 병신아."

남학생들은 거의 모든 대화를 욕으로 한다. 전조협은 정말이지 저런 걸 가만히 듣고 있기 쉽지 않았다.

"쟤네들도 욕했네요. 어서 잡아 오시지 그러세요?"

하지만 저 학생들의 욕과 이놈이 한 욕은 분명히 다르다는 것을 모를 전조협이 아니었다.

"저거랑 네가 한 게 같냐?"

"뭐가 달라요? 수학 선생님이 제가 자고 있는데 계속 깨우고 뭐라고 하니까 교실에서 나가면서 허공에 '시발'이라고 한 거뿐이에요. 아까 쟤네들이 한 거랑 똑같잖아요."

소문은 익히 들어왔지만, 민주영은 보통이 아니다. 폭력만 휘두르는 놈인 줄 알았는데 제법 논리적으로 파고든다. 전조협은 화를 억누르고 거만하게 앉아 있는 민주영에게 얼굴을 가까이 가져갔다.

"웃기지 마, 이 새끼야. 넌 분명히 수학 선생님에게 욕을 했어. 고등학교 선생들을 만만하게 보지 마라."

"이 새끼요? 선생님이야말로 욕하지 마시죠."

"너, 중학교에서 이리저리 강제 전학 다녔지? 고등학교는 전학 같은 거 없어."

"와, 선생님이 퇴학시킨다고 협박하네."

"계속 그렇게 대들어라. 그럼 퇴학시켜줄 테니."

"협박하지 마시라고요!"

민주영이 소리치며 의자에서 일어나려 해서 전조협은 커다란 손으로 민주영의 어깨를 밀었다. 의자에 다시 앉힐 요량이었지만, 민주영은 중심을 잃고 바닥으로 쓰러지고 말았다.

"아, 시발, 미치겠네."

"뭐? 시발? 그것도 혼잣말이냐?"

민주영이 꽉 쥔 주먹을 부르르 떨었다.

"어쭈? 이 새끼가 날 치려고 하네. 칠 수 있으면 쳐 봐!"

말을 끝낸 전조협이 민주영의 주먹을 바라봤다. 조용히 일어선 민주영이 주먹을 날렸다. 전조협은 가볍게 피한 후 이두근으로 헤드록을 걸었다.

"이 새끼가 교사를 쳐?"

민주영은 빠져나가려고 했지만 전조협의 힘을 넘을 수는 없었다. 바둥거리던 민주영이 잠시 후 힘을 뺐다. 전조협도 감고 있던 팔을 풀었다.

　"중학생 때까지는 어땠는지 모르겠지만, 내게는 택도 없어. 까불지 마라. 어서 앉자."

　그때, 주변을 둘러보던 민주영이 갑자기 김경민 선생의 책상 위에 있던 책을 들어 던졌다. 날아오는 책들을 손으로 막은 전조협이 고개를 들자 민주영은 이미 학생부실 문을 뛰쳐나간 후였다. 얼른 뒤따라 뛰었지만, 날쌘 민주영은 금방 운동장을 가로질러 교문 쪽으로 뛰어갔다. 전조협은 속으로 웃었다. 사냥에 실패하고 들소의 뿔에 찔려 도망가는 사자 같다고 생각했다.

　'아니지, 저놈이 무슨 사자야? 여우만도 못한 놈이지.'

　하지만 전조협은 민주영을 너무 쉽게 생각했다. 체육관에서 오후 수업을 하고 있는데 교감이 다급하게 전조협을 불렀다.

　"전조협 선생님, 어서 저랑 교장실로 좀 가시죠."

　"예? 수업은요?"

　"지금 수업이 문제가 아니에요."

　교장실로 가는 교감의 표정은 귀신을 본 듯 하얗게 질

려 있었다.

"교감선생님, 왜 그러시는데요?"

"가보면 압니다."

전조협은 긴장된 마음으로 교장실 문을 열었다. 거기에는 제복을 입은 경찰관이 여럿 있었다.

*

전조협은 파출소로 연행됐다. 그새 민주영이 전조협에게 폭행을 당했다고 신고한 것이다. 전조협은 속으로 민주영에게 있는 욕 없는 욕을 가리지 않고 퍼부었다.

"그 새끼는 수학 선생님한테 욕한 것 때문에 학생부실에서 지도받는 중에 도망간 놈이라고요!"

경찰이 전조협을 달랬다.

"선생님, 일단 신고가 들어왔으니 가시죠."

파출소에 들어가자 민주영이 한쪽에서 아이스크림을 먹다가 전조협과 눈을 마주치더니 의기양양하게 턱을 내밀었다. 전조협은 당장이라도 달려가 민주영의 턱주가리에 주먹을 날려 아래턱을 얼굴에서 분리하고 싶었다.

전조협이 파출소에 가기 전, 교장은 제발 잘 이야기하

고 오라고 신신당부했다. 다행히 경찰도 예전부터 민주영의 악행을 알고 있으니, 사과만 하면 훈방 처리를 해준다고 했다.

잠시 기다리고 있자 민주영의 아버지로 보이는 남자가 왔다. 떡진 머리에 얼굴에는 상처가 가득했다. 건달이 따로 없었다.

민주영의 아버지와 경찰, 전조협은 한 테이블에 앉았다.

"흠흠, 선생이 애를 그렇게 패면 어떡합니까?"

"패다니요? 전 손가락 하나 건드리지 않았습니다."

민주영의 아버지가 제 뒤에 앉아 있는 민주영을 돌아보았다. 민주영은 얼른 목을 쭉 내밀어 보였다. 거칠게 긁힌 자국이 선명하게 남아 있었다.

"그리고 절 밀어서 바닥에 메쳤잖아요?"

밀었다고? 손으로 눌러서 의자에 앉히려는데 자기가 혼자 넘어져놓고?

"아니요, 그저 의자에 다시 앉힌 겁니다. 그런데 아드님이 먼저 주먹을 휘둘렀어요. 전 주먹을 피할 겸 아드님을 진정시키려고 어쩔 수 없이 목을 잡은 거죠."

전조협은 단호하게 말했다. 하지만 경험이 많은지 민주영의 아버지는 의자에 느긋하게 기댈 뿐이었다.

"선생님 말씀대로라면 한 대 맞으면 칼로 찔러도 된다는 겁니까?"

"그렇게 말씀하시면 안 되죠! 주영이는 평소에도 수많은 학생을 괴롭혔어요. 저는 학생부장으로서 정당하게 지도한 겁니다."

"지도요? 지도도 적당히 하셔야죠. 선생님 팔뚝을 보세요. 그 팔로 목을 졸랐으니 저런 상처가 난 거 아닙니까?"

그 말에 맞춰 민주영이 얄밉게도 또 목을 쭉 뽑아내 상처가 잘 보이게 들이댔다.

"너 아까 기절할 뻔하지 않았냐?"

민주영의 아버지가 한술 더 뜨며 아들에게 윙크하는 것이 전조협의 눈에 선명히 보였다.

"죽는 줄 알았어요! 너무 무서웠어요……. 선생님한테 책을 던져서 겨우 탈출했어요."

연기 실력을 보니 그 아버지에 그 아들이었다. 결국 전조협의 목소리가 커졌다.

"아버님! 장난은 이제 그만하세요!"

흥분한 전조협과 달리, 민주영의 아버지는 여전히 느긋한 태도로 옆에 앉아 있는 경찰관을 쳐다보았다.

"경찰관님, 저 선생님 태도를 보니 당장 병원 가서 우리 애 진단서부터 끊어야 할 것 같은데요? 최소 3주는 나올 것 같은데요, 흐흐흐."

그 말을 들은 경찰관이 전조협을 타일렀다.

"선생님, 진정하세요. 아까 교장선생님 말씀 들으셨죠?"

교장은 전조협이 사과만 잘하면 경찰에서 훈방해줄 것이라고 했다. 전조협이 교장의 말을 곱씹으며 가만히 있으니 민주영의 아버지가 다시 입을 열었다.

"할 수 없네요. 진단서 끊어서 정식으로 고소하면 되죠?"

경찰관이 전조협을 보고 다급하게 말했다.

"여기서 나가 경찰서까지 가시면 이 사건은 저희 손을 떠나는 겁니다. 더 중재 못 해요."

'경찰서에 가면 어떤 처벌을 받을까? 내가 정말 저런 상처가 날 정도로 목을 세게 졸랐을까?'

아까는 전조협도 흥분 상태였기에 날뛰는 민주영을 제압하려고 헤드록을 있는 힘껏 걸었다. 그리고 이미 전조협은 대학생 시절 젊은 혈기로 싸우다 복싱을 배웠다는 이유만으로 가해자가 됐었다. 그것만이 문제가 아니다. 과한 학생 지도로 교육청 징계를 받은 적도 있었다.

자존심이 상하지만 할 수 없었다. 전조협은 지금은 물

러나야 할 때라고 생각했다.

"제 지도가 과한 면이 있었습니다. 죄송합니다."

"진즉 그렇게 나오셨어야죠. 그럼, 죄를 인정하셨으니 합의하시죠."

"……합의요?"

"네, 애 몸에 상처가 저렇게 났는데 치료는 받아야 하지 않겠어요? 천만 원이면 합의하겠습니다."

"예? 천만 원이요? 겨우 저거 치료에, 천만 원이요?"

"정신적 피해 모릅니까?"

어이가 없어진 전조협이 벌떡 일어났다. 대학생 때 폭행 건은 벌금형을 받았다. 그러니 이번에도 끽해야 벌금형이다. 그런데 합의금을 저따위로 불러?

"아버님! 장난하지 마시라니까요? 법으로 처벌받아도 그것보다 벌금 안 나옵니다!"

"그럼 벌금 내시든가요."

민주영의 아버지가 미련 없이 일어났다.

그때, 학교에서 졸면서 들었던 교사 연수 내용이 전조협의 머릿속에 갑자기 떠올랐다. 교사는 벌금형만 받아도 직위해제가 된다고 했다. 된통 걸렸다. 저 아버지란 작자는 민주영이 중학교에 다닐 때부터 이런 상황을 많이 겪었을 것이다. 닳고 닳은 것이다.

전조협은 한숨을 크게 내쉬었다. 아무래도 합의금을 깎는 것이 상책이었다.

"오백으로 하시죠."

그 말에 민주영의 아버지가 얼른 뒤로 돌며 크큭, 하고 웃었다.

"나 참, 지금 당장 입금하시면 그렇게 해드리죠."

하지만 전조협에게는 당장 그만한 돈이 없었다. 적금을 해지해야 하나······.

그때, 교장의 얼굴이 생각났다. 자신을 학생부장으로 앉히고 학생들을 강하게 지도하라고 했으니, 교장에게도 책임이 있는 셈이다.

교장과 통화를 하던 중, 전조협은 민주영과 눈이 마주쳤다. 민주영이 혀를 내밀었다. 달려가 혀를 입술째 잡고 뽑아버리고 싶었지만, 지금은 물러서야 했다.

"교장선생님, 합의금 좀 내주세요."

스마트폰 저편에서 교장의 투덜거림이 들렸다. 아, 짜증 나게.

"지금 당장 입금하지 않으면 교장선생님이 민주영을 학교에서 쫓아내라고 지시했다고 할 거예요!"

잠시 뒤, 입금된 돈을 확인한 민주영 아버지의 한쪽 입꼬리가 쓱 올라갔다. 그는 민주영의 어깨를 탁탁 치면서 말했다.

"선생님, 얘, 열심히 하려는 애입니다. 살살 지도해주세요, 예?"

말을 마친 그가 돌아서자 민주영도 어깨를 으쓱 올렸다. 둘이 파출소를 나가자마자 경찰 한 명이 얼른 전조협에게 다가왔다.

"조심하세요. 저 둘, 거의 부자 사기단이에요. 저놈 중학생 때부터 당한 선생님이 한두 명이 아니라고요."

그렇다 이거지? 피 같은 돈을 빼앗겨서 그런지, 전조협의 마음속에서 투지가 더욱 불타올랐다. 전조협은 민주영을 반드시 학교에서 쫓아내기로 마음먹었다.

시클리드

　수업 시간, 순근은 졸고 있었다. 집에서는 일찍 불을 끌 수 없다. 아버지, 어머니 때문에 늦은 시간까지 공부해야 한다. 아니, 공부하는 척을 했다고 봐야 한다. 사실은 그저 책상에 앉아서 문제집을 넘기며 시간을 보냈다. 그러니 부족한 잠을 학교에서 청할 수밖에 없었다.

　얼마나 졸았을까? 순근은 이상한 분위기에 눈을 번쩍 떴다. 교실에는 아무도 없었다.

　"······지금 무슨 시간이지?"

　급식은 이미 먹었다. 시계를 보자 세 시 이십오 분. 6교시 수업이 한창일 시간이었다. 6교시는 과학탐구실험. 실험실에서 하는 수업이다. 순근은 재빨리 책상 서랍에서 교과서를 꺼내 밖으로 뛰었다. 수업이 오 분밖에 남지 않긴 했지만, 일단 수업에 참여해야 한다.

　달리는 중에도 주마등이 스치듯 여러 생각이 들었다. 아무도 안 깨워주다니······. 반 아이들이 야속했다. 하긴, 순근은 반에 마땅히 친구라고 할 아이도 없다. 하지만 회장은 책임감으로라도 깨워야 하지 않았을까?

　순근이 문을 벌컥 열고 과학실로 들어서자, 실험 뒷정

리까지 끝났는지 떠들고 있던 아이들의 시선이 일제히 순근에게 향했다.

"넌 뭐야?"

학교 선생은 크게 세 가지 유형으로 나눌 수 있다. 어떤 의미에서도 좋은 선생, 있으나 마나 한 선생 그리고 학생을 괴롭히는 싫은 선생이다. 불행하게도 순근에게 과학탐구실험 선생은 싫은 선생님이었다. 얼핏 보면 체육 선생처럼 보일 정도로 키도 크고 덩치도 크다. 언제나 헐렁한 트레이닝복을 입는 것도 분위기에 한몫한다. 그는 실험실에서 정신 차리지 않으면 사고가 난다고 툭하면 아이들을 윽박지른다.

"지, 지금 왔습니다."

"학교에 지금 온 거냐?"

"아, 아니요."

"그럼 뭐야?"

"교실에서 자느라……"

그 말에 몇몇 아이가 크큭거리며 웃었다.

"자느라? 제정신이 아니구만."

선생은 출석부를 열고는 볼펜으로 선을 그었다.

"무단 결과야."

무단 결과라는 소리에 순근은 아버지의 얼굴이 떠올랐다. 회사에서 근태가 가장 중요하다고, 인사부 부장인 아버지는 항상 말한다.

"회사든 학교든 무단결석은 최악이다. 네가 사장이라고 생각해봐라. 개근하는 사람과 무단결석하는 사람 중 누구를 승진시키겠냐?"

"병결은 괜찮지 않아요?"

"병결이 무단 결과보다는 낫지만, 네가 사장이라면 병결을 자주 하는 사람을 승진시키겠냐? 나중에 아파서 회사에 못 나오면 어쩌려고? 안 그렇냐?"

아파도 학교에서 죽으라는 아버지. 그러니 무단 결과만은 막아야 한다.

"전 교실에 있었잖아요."

소심한 반항에 선생의 눈이 왕방울만 하게 커졌다.

"아무튼 넌 수업에 참여하지 않았잖아?"

"그래도 학교에 있었잖아요. 보건실에 있었다면 무단 결과 아니잖아요!"

"넌 교실에서 잤다며? 억울하면 네 담임에게 말해."

그때 수업을 마치는 종이 울렸다. 의자를 끄는 소리가 교실 가득 울려 퍼지며 아이들이 실험실을 빠져나갔다. 백상아리가 지나가며 순근의 귀에 속삭였다.

"병신 새끼."

그 뒤에 있던 볼 커터도 속삭였다.

"수업 시간에 잠을 자? 미쳤네."

저 둘은 학교에서 깨어 있는 시간보다 자는 시간이 더 많을 것이다. 그런 놈들이 딱 한 번 실수한 나를 비난하다니……. 순근의 주먹이 떨렸다. 저놈들의 얼굴에 주먹을 꽂아버리고 싶었지만, 소용없음을 알고 있다.

순근은 수업을 마치고 담임에게 갔다. 담임은 이미 실험 선생에게 이야기를 들은 것 같았다.

"교실에서 한 시간을 잤다고?"

"네, 수업 끝나기 오 분 전에 실험실에 들어갔어요."

담임이 컴퓨터 화면에 한 문서를 띄워 순근에게 보여주었다.

"학교 규정집에서는 수업에 최소 십 분은 참여해야 수업을 들은 것으로 인정한다."

규정상으로도 무단 결과가 맞다는 소리였다.

"선생님, 질병 결과로 해주세요……."

"이건 협상할 일이 아니다. 근데 넌 깨워줄 친구도 없었나?"

"아무도 절 깨우지 않았어요. 전부 조용히 나갔단 말이에요. 회장이라도 깨웠어야 하는 거 아니에요?"

잠시 후, 교무실로 회장이 들어왔다. 전교 1등을 놓치지 않는 모범생. 회장은 순근의 얼굴을 보고는 인상을 찌푸렸다. 담임이 무성의한 말투로 회장에게 물었다.

"학급 회장이면 반 학생들을 잘 챙겨야 하지 않겠냐?"

머리가 좋은 회장은 상황을 금방 이해한 것 같았다. 그저 고개를 숙이고 죄송하다고 대답했다. 그래도 순근이 무단 결과라는 사실에는 변함이 없다. 순근은 화가 나서 따지듯 물었다.

"야, 도대체 왜 안 깨운 건데?"

회장은 순간 욱했는지 눈썹을 위로 치켜올렸지만, 금방 다시 아래로 내렸다.

"미안하다. 깜빡했다."

사과는 했지만, 회장의 눈초리에는 원망이 가득했다. 여기에서는 차마 말하지 못할 뭔가가 있다는 게 느껴졌다. 담임이 일어서며 말했다.

"이제 그만 됐다. 일차적으로 순근이 네 잘못이 크다. 그래도 무단 결과는 별것 아니야. 한 번 정도는 대학 가는 데 문제없으니 너무 걱정하지 말아라."

대학이 문제가 아니라 아버지가 문제다. 일단 담임 성격상 이 문제로 집에 전화를 하지는 않을 것이다. 근태는 성적표에 기록되니, 성적표가 나올 때까지는 괜찮을 것이다. 이 문제는 그때 생각하기로 했다.

순근이 밖에 나오자 회장이 순근을 기다리고 있었다. 역시 할 말이 있는 것 같았다.

"이순근."

"또 뭔데?"

"네게 조언을 좀 하려고."

"뭔데?"

"정신 바짝 차려라."

"그게 무슨 소리야?"

"내가 너를 왜 안 깨웠는지 진짜 모르겠어?"

'안 깨웠는지'라고? 안 깨운 거라면 뭔가 이유가 있다는 말인데…….

"일부러 안 깨웠다는 거야?"

"정확히 말하면 안 깨웠다기보다 못 깨운 거야. 아무튼, 정신 바짝 차려."

회장은 복잡한 의미가 담긴 듯한 말을 하고는 복도 저편으로 사라졌다.

못 깨웠다니……?

생각할 필요도 없었다. 답은 볼 커터다. 볼 커터가 순근을 난감하게 만들기 위해 누구도 그를 깨우지 못하게 한 것이다. 가슴속에서 물이 끓는 듯 순근의 가슴 안쪽이 뜨거워졌다.

"개새끼들…… 담배도 사다 바치는데 도대체 왜 그러는 거야?"

그날의 악운은 그것으로 끝나지 않았다. 순근이 학원을 마치고 집으로 들어가니 아버지가 소파에 앉아 있었다. 소파 앞 테이블에는 회초리가 올려져 있었다.

"사회의 암 덩어리 같은 놈. 잠 자다가 수업을 못 들어가?"

담임이 전화를 한 것이다. 평소 '오늘도 무사히'를 부르짖으며 나한테 아무런 관심도 주지 않더니 이번에는 왜 관심을 가지고 지랄이야! 분노에 순근의 눈 아래가 부르르 떨렸다.

"어서 와서 종아리 걷지 않고 뭐 해!"

순근은 조용히 가방을 내려놓고 아버지 앞으로 가서 교복 바지를 걷었다. 평소라면 말리는 척이라도 할 어머니도 팔짱만 끼고 있었다. 적잖이 실망한 표정이었다.

찰싹! 찰싹!

종아리 통점에서 전기신호가 생성되어 머리로 올라왔다. 순근은 이를 악물었다. 도대체 내가 뭘 잘못했다고 이렇게 비난과 고통을 받아야 한다는 말인가?

"네가 사장인데 무단결석을 한 놈이 면접을 본다고 생각해 봐라. 넌 그 사람을 뽑을 거냐? 안 뽑을 거냐?"

매번 똑같은 말. 지겨워 죽겠다.

"넌 벌써 잉여인간과 가까워지고 있어. 그렇게 맨날 네 마음대로 하려면 나가! 나가서 노숙자가 되든, 깡패가 되든 그렇게 살아!"

아버지는 진짜로 쫓아내고도 남는다. 아들이 밖을 헤매고 다녀도 눈 하나 깜짝하지 않을 것이다.

"잘못했어요. 다시는 안 그럴게요."

순근이 빌든 말든, 아버지의 매질과 잔소리는 한참 이어졌다. 순근의 눈에서 눈물이 흘렀다. 서러워서, 화가 나서, 아무것도 하지 못해서 억울했다.

문득 개가 고분고분해질 때까지 전기충격을 가했다는 실험이 생각났다. 개가 무슨 잘못을 했다고 그런 고통을 주나. 찾아보니 마틴 셀리그먼이란 사람이 학습된 무기력 실험을 하기 위해 개에게 전기 고문을 했다고 한다.

"나쁜 놈, 개한테 무슨 죄가 있다고!"

얼굴도 모르는 마틴 셀리그먼에게 분노가 솟았다. 그 분노는 곧 볼 커터와 백상아리에게로 이어졌다. 순근은 그저 편안하게 학교에 다니고 싶었다. 그래서 담배도 바친 것이다.

"담배나 피우다 폐가 썩어 죽지, 왜 나까지 괴롭히는 거야!"

지렁이도 밟으면 꿈틀거리는 법. 내일, 순근은 지렁이가 되기로 했다.

다음 날, 담임이 조례를 마치고 교실을 나가자 백상아리가 순근을 불렀다.

"멸치!"

담배를 바치라는 뜻이다. 순근은 일어서서 두 포식자 앞으로 갔다.

"오늘은 없어."

창밖을 보던 볼 커터가 그 말에 고개를 돌렸다. 백상아리가 열이 받았는지 세모난 이를 드러냈다.

"멸치 새끼가 돌았나?"

두려웠지만, 순근은 아버지가 휘두르던 회초리를 생각했다. 개를 괴롭힌 마틴 셀리그먼을 생각했다.

"오는 게 없으면 가는 것도 없는 거야."

그러면서 자신의 입으로 말했지만 맞지 않는 말이라고 자조했다. 자신은 항상 빼앗기는 입장이기 때문에, 원래도 오는 것은 없다.

"뭔 소리야?"

"너희 때문에 어제 무단 결과 됐잖아!"

"네가 병신처럼 자놓고 그걸 왜 우리 탓을 해?"

"다 안다고! 너희가 나 깨우지 말라고 했잖아!"

순근이 목소리를 높이자 교실이 순식간에 조용해졌다. 반 아이들이 모두 갑작스레 벌어진 상황을 주시했다. 볼 커터가 조용히 자리에서 일어났다.

"어떤 놈이 불었어?"

볼 커터의 협박에 회장의 어깨가 움츠러드는 것이 보였다. 순근은 회장에게까지 피해를 주고 싶지는 않았다.

"빤하지! 잠결에 들렸어. 비웃으면서 날 깨우지 말라던 네 목소리 분명히 들었다고!"

"이 새끼가 약발이 떨어졌나!"

볼 커터가 두꺼운 팔뚝으로 순근의 목을 감고 순근을 교실 밖으로 끌고 나가려고 했다. 이대로 끌려가면 화장실 행이다. 순근은 있는 힘을 다해 목에 감긴 팔을 풀어냈다.

"놔! 애들아, 선생님 좀 불러줘!"

그러자 백상아리가 옆에 있던 책상을 걷어찼다. 책상이 우당탕 소리를 내면서 쓰러졌다.

"아무도 움직이지 마!"

그렇게 말한 백상아리는 교실 앞으로 나가서 섰다. 아이들은 그의 눈치를 보며 고개를 숙였다. 힘의 논리로 관계가 이어지는 남학생들은 그렇다 치더라도, 여학생들조차 움직이지 않다니…….

사실 여학생들의 얼굴에서는 그저 동물들의 싸움 따위 관심 없다는 표정만 보였다. 하긴, 볼 커터는 벌써 폭력으로 강제 전학을 다섯 번이나 다녔고, 성폭행도 저지른 엄청나게 악랄한 놈이다. 식인 상어와 살인 물고기가 날뛰는 곳에 들어올 정신 나간 물고기는 없을 것이다.

교실이 정리되자 볼 커터가 순근의 복부에 주먹을 꽂아 넣었다. 순근은 숨이 턱 막혀 바닥에 쓰러진 채 그대로 몸을 웅크렸다. 횡격막이 뒤틀려 숨을 제대로 쉴 수 없었다. 다른 생각은 아무것도 나지 않았다. 폐에 산소를 들여야 살 수 있다는 생각만 들었다. 순근은 다급하게 숨을 몰아쉬었다.

"샤크, 이 새끼 가방 뒤져봐."

"안…… 돼…….."

백상아리가 순근의 가방을 뒤져 오만 원짜리 지폐를 찾아냈다.

"오, 개이득!"

볼 커터가 쓰러져 있는 순근에게 말했다.

"벌칙이야. 담배를 안 가져왔으니 오늘은 돈으로 받겠어. 편안하게 학교에 다니고 싶으면 담배를 바쳐야 한다는 거 잊지 마라."

그러고는 다른 아이들에게도 소리쳤다.

"너네 〈아저씨〉라는 영화 알지? 난 그 영화처럼 잃을 게 없는 놈이야. 그냥 이 새끼 죽여버리고 소년원 한 번 더 가면 된다고!"

중3 중반쯤 순근의 학교에 볼 커터가 전학을 왔었지만, 그때는 반이 멀리 떨어져 있어 특별히 피해를 보지는 않았었다. 근데 고등학교에서 이게 무슨 날벼락인지.

잠시 후, 겨우 숨이 쉬어졌다. 순근은 일어서서 교복에 묻은 먼지를 털었다. 앞자리의 회장과 눈이 마주치자 회장은 다시 고개를 얼른 앞으로 돌렸다. 교실의 모든 학생이 순근에게서 눈을 돌리는 것 같았다.

'방관자 새끼들.'

순근은 가슴속이 부글부글 끓었다. 볼 커터에게도 열이 받았지만, 모른 척하는 아이들에게도 화가 났다.

담임에게 가볼까도 생각했지만 '오늘도 무사히'를 급훈으로 삼은 담임이니 그저 귀찮다고 생각할 것이다. 순근은 자리에 앉아 볼펜으로 책상을 짓눌렀다. 볼펜 앞쪽이 부서지며 스프링이 튕겨져 나갔다.

3장

국선변호인

박근태는 학년 교무실 옆에 따로 설치되어 있는 상담실로 안내받았다. 원래 상담실은 학부모나 학생 상담 때 사용하는 공간일 텐데, 안에서 미세한 라면 냄새가 났다. 교사들이 여기서 라면을 먹으며 쉬는 것 같았다.

잠시 후, 김태수의 담임이 김태수를 데리고 왔다. 김태수는 덩치가 전조협만큼 컸다. 게다가 머리를 붉은색으로 염색하고 날카로운 눈매를 가지고 있었다. 한눈에 보기에도 일진처럼 보였다. 박근태는 "보시면 알아요"라는 말의 뜻을 금방 깨달을 수 있었다.

"이분은 전조협 선생님을 변호하는 변호사셔. 몇 가지 묻고 싶어 하시니 잘 대답해."

"경찰한테도 수십 번 말했는데 귀찮게⋯⋯."

김태수가 궁시렁거리며 박근태 앞에 앉았다. 친구가 죽었으니 많이 상심하고 있을 거라고 생각했는데, 생각과 달리 김태수는 의기양양한 표정을 지었다.

"그럼 저는 나가볼 테니, 둘이 이야기하세요."

미성년자를 홀로 두고 나가다니 그러면 안 되지만, 사실을 알아보기에는 그편이 더 좋을 것 같아 박근태는 그냥 가만히 있다가 담임이 나간 후에 입을 열었다.

"먼저 친구가 그렇게 되어 심심한 위로를 전할게."

"'심심한'이요?"

요즘 학생들의 어휘 수준은 미디어에서 많이 들어왔다.

"진심으로 위로한다고."

"아, 예, 예. 그나저나 뭐가 궁금한데요?"

박근태는 김태수가 민주영에게 별다른 감정이 없는 것 같아서 부담 없이 묻기로 했다.

"전조협 선생님에 대해 이야기해줄래? 그 선생님은 어떤 선생님이니?"

"미친놈이죠."

말을 거침없이 한다. 아니, 외모에 어울리게 말하는 것인가? 김태수는 이 학교의 일진이다. 민주영이 없으니 이제 아예 짱으로 등극했을 것이다.

"어떤 면에서 그랬니?"

"우리 둘만 집요하게 괴롭혔어요."

김태수는 물 만난 물고기처럼 전조협이 민주영과 자신을 얼마나 괴롭혔는지에 대해 빠르게 이야기했다. 자기들이 담배 피우는 곳에 잠복해 있다가 잡은 것, 아침마다 교문에서 잡아 머리색이 어떻다느니 문신이 어떻다느니 하며 퇴학시킨다고 협박한 것, 급식실까지 따라와서 잔반을 잘 정리하지 않았다고 잔소리한 것…….

"매일 꼬투리를 잡으면서 고등학교는 퇴학이 가능하다고 했어요. 주영이 형과 저를 퇴학시키려고 학생부장을 하는 것 같았다니까요."

"그렇구나."

그런데 이상했다. 사건이 벌어진 날, 옥상에는 민주영, 김태수, 김하준이 있었다. 하지만 김태수는 김하준 이야기는 전혀 하지 않았다. 마치 그날 민주영과 둘만 있었던 것처럼 말이다.

"김하준도 너희 그룹 아니었니?"

"그 새끼는 찌질이예요. 원래도 셔틀이나 하던 놈이었어요."

김태수가 불쾌한 표정을 지었다. 김하준은 자신의 그룹

에 낄 깜냥이 안 된다는 뜻일 것이다.

"원래도 셔틀이나 하던 놈이라니? 김하준을 전부터 알고 있었니?"

"중학교 1학년 때인가, 같은 학교였어요. 그때 그 새끼는 학교의 샌드백이었거든요."

"샌드백?"

"그거 있잖아요."

김태수가 허공에 주먹을 휘둘렀다. 일진들의 화풀이나 분풀이 대상이 되는 학생을 말하는 것 같았다. 그런데 중학교 1학년 때 같은 학교였다고?

"그럼 2학년 때는 같은 학교가 아니었다는 말이니?"

"헤헤, 제가 강전 갔죠."

아, 중학교에는 퇴학이 없어서 다른 학교로 강제 전학을 시킨다고 했던가.

"김하준을 괴롭혀서 강전을 간 거니?"

"아니요, 뭐…… 여러 가지 일을 저질렀죠."

"그럼 김하준이랑은 고등학교 올라와서 오랜만에 만난 거네?"

"그랬죠. 김하준은 4반이었는데 전 걔가 이 학교에 있는 줄도 몰랐어요. 어느 날 갑자기 주영이 형이 데리고 왔어요."

 김하준의 담임 말로는 입학 후 한 달쯤 뒤에 등교했다고 했다.

 "김하준과 민주영은 중학교 때 서로 몰랐나 보네."

 "주영이 형은 소년원에 다녀와서 일 년 꿇었어요. 그러니 만났을 리가 없죠. 저도 3학년 때 성민중학교에서 만났는데요."

 "김하준이 네게 뭐라 안 했어? 중1 때 괴롭혔다며?"

 "지가 뭘 어떻게 해요? 중학생 때보다 키는 많이 컸지만, 싸움도 못하는 평범한 놈이었어요. 주영이 형 아니었으면 저한테 죽었겠죠."

 그러면서 김태수는 커다란 주먹을 쥐어 보였다. 하긴, 김태수만 한 덩치는 민주영만 아니었다면 당연히 짱이 되었을 것이다. 민주영은 소년원에 갔다 왔으니 악랄함으로 짱이 되었을 테고.

 "김하준이 찌질이라면, 왜 민주영은 김하준을 받아줬지?"

 "머리가 쪼~끔 좋았어요."

 김태수가 커다란 엄지와 검지를 최대한 붙여 사이에 작은 공간을 만들었다.

"주로 작전을 짰어요. 전조협이 우리를 괴롭힐 때 어떻게 대처하면 되는지 알려줬어요."

"그래서 나중에는 너랑도 친해졌니?"

"친해져요? 아닌데요. 주영이 형이 받아주니까 저도 어쩔 수 없이 받아준 거죠."

접견 때 전조협은 김하준이 자신이 심어 놓은 끄나풀이라고 했다. 물론 정신이 온전해 보이진 않았지만.

"그럼 김하준은 너를 어떻게 생각했어?"

"저한테는 쩔쩔맸죠."

"민주영이 없을 때, 네가 괴롭혔니?"

"아니요, 도움이 되긴 해서 그냥 뒀죠."

"도움?"

"돈이 좀 있었어요."

이제는 아이들도 돈이 제일 중요하다고 생각하는구나. 박근태는 입이 씁쓸했다.

"근데 김하준, 전학 갔던데?"

"주영이 형이 없으니까요. 그 새끼는 주영이 형 아니었으면 또 셔틀이나 됐을 놈이라고요."

"김하준이랑 연락은 되니?"

"그 새끼랑은 연락하고 싶지도 않아요."

"그럼 같이 어울릴 때 연락하던 전화번호라도 알려줄래?"

"전번이 있긴 있는데, 그 사건 이후로 안 받더라고요. 아저씨가 걸어도 소용없을 거예요."

말로는 김하준이 '찌질이'라고 했지만, 사건 이후 연락을 해보긴 했나 보다.

"혹시 김하준은 SNS 같은 거 안 했니?"

김태수는 골똘히 생각하는 것 같더니 곧 의아하다는 표정을 지었다.

"그러고 보니 그 새끼는 아무것도 안 했네요. 인스타도, 틱톡도, 페북도."

전조협은 김하준이 진범이라고 떠들었다. 하지만 다른 선생들과 학생들은 김하준과 연락이 닿지 않는다고 한다. 김하준은, 학교에 실제로 있었던 학생이 맞을까?

열혈 교사

 전조협은 민주영을 선도위원회에 올렸다. 죄목은 지시 불이행. 감히 제게 욕을 하고 위협한 것도 교권 침해로 걸고 싶었지만, 그러면 자신도 신경과를 다녀야 하고 병가도 내야 한다. 무엇보다 교권 침해가 인정되면 다른 학교로 떠나야 하고 말이다. 전조협에게는 학교에 남아 민주영을 쫓아내야 한다는 사명이 생겼기에 그 정도는 넘어가기로 했다. 그나저나 자신의 피 같은 돈 오백만 원을 뜯어간 저놈의 아버지 면상을 보고 싶었는데, 그는 아들이 가해자로 선도위원회에 서니 코빼기도 비치지 않았다.
 "전 억울해요. 학생부장 선생님이 저만 가지고 그런다고요! 욕한 것도 기억 안 나고, 진짜 했다고 해도 혼잣말이었다고요."
 그 작전을 그대로 쓰겠다고? 내가 한 번 당하지 두 번 당하냐?
 전조협은 당시에 녹음한 파일을 재생했다. 자신이 한 욕설이 흘러나오자 민주영의 표정이 점차 일그러졌다. 그의 얼굴이 구겨질수록 전조협의 가슴에서는 묘한 쾌감이 솟아올랐다. 파일 재생이 끝나자 위원장인 교장이 말했다.

"민주영 학생, 이래도 인정하지 않나?"

그러자 민주영이 전조협을 보았다. 전조협은 얼른 입모양으로 '퇴학'이라고 말했다.

"……인정합니다. 선생님이 계속 저만 지도해서 화가 나서 그랬어요."

오, 인정한다고? 화가 나서 날뛰어야 퇴학시킬 수 있는데. 전조협은 못내 아쉬웠다. 뭐, 중학생 때 이미 많은 경험을 했으니, 증거가 뚜렷한 지금은 잘못을 인정해야 한다는 것을 알고 있었을 것이다.

결국 민주영은 교내 봉사활동 3일이라는 처벌을 받았다. 약한 처벌이지만, 작은 벌을 시작으로 죄를 계속 쌓아가야 결국 퇴학시킬 수 있는 법이다. 전조협은 봉사활동 지도 때 민주영을 실컷 괴롭혀주기로 했다.

하지만 교내 봉사활동이라고 해봤자 마땅히 시킬 것이 없었다. 화장실 청소를 시키면 좋을 텐데 화장실은 청소 용역을 쓰기에 강제할 수 없다. 결국 전조협은 첫날에 복도 청소를 시키기로 했다. 불만스러운 표정의 민주영이 양손에 마대 걸레를 하나씩 들었다.

"한 시간에 한 층씩이야. 복도 구석구석 깨끗이 닦아. 걸레도 중간중간 깨끗이 빨고."

대답이 없었다. 아니꼽겠지.

"왜 대답이 없어? 거부하는 거냐?"

"해요, 해!"

민주영은 마대 걸레로 복도를 문질렀다. 일반적인 봉사활동이라면 이 정도면 되겠지만, 전조협은 그에게 당한 것을 갚아줘야 했다.

"야, 장난하냐? 그래서 묵은 때가 벗겨지겠어?"

전조협은 마대 걸레를 하나 빼앗아 걸레봉을 두 손으로 잡고 바닥을 벅벅 문질렀다.

"벽과 바닥이 만나는 모서리를 특히 잘 닦아야 해. 한 백 번쯤 문지르면 때가 지워지겠지?"

그러고는 민주영에게 다시 걸레를 건넸다. 민주영은 불쾌한 표정으로 걸레를 잡아 바닥을 문질렀다. 그 모습이 전조협의 마음에 썩 들지는 않았지만, 봉사활동은 이제 시작이다.

"수업 다녀올 테니 똑바로 해라."

민주영은 대답 없이 바닥만 닦았다.

의외로 민주영은 열심히 봉사활동에 임했다. 적어도 전조협이 보고 있을 때는 말이다. 하지만 관자놀이와 광대뼈가 울룩불룩 움직이는 것으로 보아 열이 충분히 받은 상태라는 것을 알 수 있었다. 전조협의 복수는 끝나려면 아직 멀었는데 말이다.

"민주영, 이제 분리수거장으로 나와."

"네?"

"분리수거장 몰라?"

"봉사활동은 복도 청소만이잖아요!"

민주영의 목소리가 커졌다. 그래, 그렇게 네 안에 있는 분노를 표출해라.

"봉사활동 지도교사는 나야. 그건 내가 결정해."

"수업 다 끝나고 또 시키는 건 좀 아니죠!"

"오케이, 너 지금 봉사활동 거부하는 거지? 그럼 다음 단계인 사회봉사로 넘어간다."

"아, 가요! 간다고!"

분리수거장에는 75리터짜리 쓰레기봉투가 열 봉지나 있었다. 하루 동안 학교 전체에서 나온 쓰레기다.

"이 쓰레기봉투들 교문 옆에 갖다 놔. 그래야 밤에 청소차가 수거해갈 수 있거든."

전조협의 말을 들은 민주영이 주먹을 불끈 쥐었다.

"……오늘은 이것만 하면 되는 거죠?"

민주영은 생각보다 인내심이 강했다. 전조협의 생각대

로 끝판왕이 확실했다.

"오늘은 그거면 됐다."

하지만 쓰레기봉투를 가져다 놓는 일은 쉬운 게 아니다. 교문까지는 50미터쯤 된다. 양손에 무거운 쓰레기봉투를 들고 그 거리를 다섯 번이나 왕복해야 한다. 전조협은 팔짱을 끼고 민주영을 감시했다. 뒤뚱거리며 쓰레기봉투 두 개를 가져다놓고 온 민주영의 이마에 벌써 땀이 송골송골 맺혀 있었다.

"빨리해! 나도 퇴근해야 돼. 너 때문에 약속 늦으면 책임질 거냐?"

"그럼 먼저 가세요. 알아서 다하고 갈 테니까요."

"널 믿느니 차라리 지나가는 똥개를 믿겠다."

"으…… 씨……."

전조협은 얼른 손을 귀로 가져갔다.

"뭐라고? 지금 욕한 거 아니지?"

민주영이 입술을 깨무는 것이 보였다.

"어서 가!"

그때였다. 한 학생이 리어카를 끌고 다가왔다.

"선생님, 이거 쓰시면 되잖아요."

쓰레기봉투를 가져다놓을 때 사용하는 리어카였다. 일

부러 분리수거장 옆에 숨겨두었는데 어떻게 찾아왔지? 당황한 전조협과 달리 민주영은 리어카를 보며 반색했다.

"선생님, 빨리 퇴근하셔야 하니 저거 사용해도 되죠? 그럼 한 번에 끝나요."

아쉽지만, 여기서 말을 바꿀 수는 없다. 그런데 저놈은 처음 보는 놈인데. 왜 갑자기 와서 방해하는 거지?

"넌 이름이 뭐냐?"

"1학년 4반 김하준입니다. 제가 도와줘도 되나요?"

"안 돼. 민주영은 선도위원회에서 징계받아서 봉사활동을 하는 거야."

"방금 선생님께서 약속에 늦겠다고 하셨잖아요. 제가 도우면 더 빨리 끝날 거예요."

김하준은 딱 봐도 양아치 스타일이 아니었다. 정말 순수한 마음으로 도움을 주려는 건가? 전조협은 오늘은 아무래도 이 정도만 해야겠다고 생각했다.

"……그럼 그래라."

둘은 쓰레기봉투를 리어카에 올렸다. 전조협은 가만히 상황을 지켜봤지만, 원래 서로 아는 사이도 아닌 것 같았다. 교문 쪽에 쓰레기를 전부 두고 온 민주영이 얄미운 표정을 지었다.

"이제 됐죠?"

"그래, 내일 지각하지 말아라. 지각하면 하루 연장이야."

그러자 민주영은 그저 어깨를 으쓱 올렸다.

"가봐."

자신을 도운 김하준이 마음에 들었는지, 민주영은 김하준에게 어깨동무를 하고 교문을 나갔다. 마무리가 좋아야 모든 것이 좋은 법인데, 기분 좋은 민주영을 보니 역으로 전조협의 기분이 다운되고 말았다.

"두고 보자. 내일은 네 속에 있는 분노를 반드시 꺼내주마."

시클리드

순근은 공원으로 갔다. 노숙자를 만나서 담배를 사야 했다. 오늘은 아예 두 보루를 살 것이다. 다행히 용돈은 충분했다. 벤치에 앉아 있던 노숙자가 순근을 보자 반기는 표정으로 손을 들었다.

"어이, 왔나? 이 몸이 배가 고프다네."

순근은 주머니에서 오만 원짜리 지폐 두 장과 만 원짜리 한 장을 꺼내 노숙자에게 내밀었다.

"오늘은 두 보루 사다 주세요."

노숙자가 큰돈에 놀랐는지 돈과 순근의 눈을 번갈아 쳐다보았다.

"어서요. 남은 돈으로 아무거나 사서 드시고요."

"음, 그래."

노숙자는 돈을 받아들고는 편의점으로 갔다. 이것저것 사는지 저번보다 시간이 걸렸다. 순근은 노숙자가 내민 담배 보루를 뜯어서 비닐봉투에 담고 가방에 넣었다. 담배 스무 갑이면 한 달 치다.

"다음 달 27일에 올게요."

순근이 말하고는 돌아서는 그때, 뒤에서 노숙자의 목소

리가 들렸다.

"왕따의 끝은 파멸이야."

순근은 걸음을 멈췄다. 지난번에도 그랬지만, 잉여인간에게까지 비난받고 싶지 않았다. 다시 뒤를 돌아보니 노숙자는 태연하게 편의점 도시락과 컵라면 소주 등등을 펼치고 있었다. 순근은 지금껏 아버지에게 받은 모욕을 모아 노숙자에게 분노로 터뜨렸다.

"지금 누구한테 훈계야? 당신은 잉여인간이라고! 사회의 암 덩어리!"

노숙자가 순근을 힐끗 보더니 입을 열었다.

"저번에도 느꼈지만, 네 눈 안에는 강한 분노가 있어. 그 분노를 잘 표출하면 따돌림을 멈출 수 있을 거야."

노숙자는 소주병을 드드득 따더니 꿀꺽꿀꺽 마셨다.

"크아— 너 소주 마실 줄 아냐?"

순근은 당황스러웠다. 노숙자가 받아쳐야 자신이 분노를 더 뿜어낼 텐데, 자꾸 이상한 행동을 해서 올라오던 분노가 오히려 사그라들었다. 그나저나, 왕따를 그만 당할 수 있다고?

"따돌림을 멈출 수 있다고요?"

"와서 한잔해라."

미성년자에게 술을 마시게 하다니. 역시 저 인간은 아버지가 말한 사회의 암 덩어리가 맞다. 하지만 순근은 노숙자의 건너편에 앉을 수밖에 없었다.

"내 아들도 왕따였다."

아버지는 노숙자, 아들은 왕따? 아주 잘되셨네요. 순근은 속으로 비웃었다.

"아들은 어떻게 됐는데요?"

"집에만 틀어박혀 있지."

조용히 대꾸한 노숙자가 소주병을 들었다.

"마셔볼 테냐?"

"전 미성년자라고요. 교복도 입었고요. 누가 보면 어쩌려고요?"

그러자 노숙자는 아까 사 온 생수 뚜껑을 따서는 물을 버리고 생수병에 소주를 반쯤 따랐다.

"마셔봐. 너의 가슴 속 분노를 끌어내줄 거야."

순근은 무심결에 생수병을 받았다. 입으로 가져가 한 모금 마시자마자 목에서 액체를 거부했다.

"콜록! 콜록! 으아, 써요······."

"더 마셔. 그래야 네 분노가 폭발할 거야."

순근은 생수병 속 투명한 액체를 바라봤다. 어른들이

이걸 마시는 데는 이유가 있을 것이다. 순근은 소주를 두 모금 더 마셨다. 입속에서 크악, 소리가 저절로 나왔다. 그 모습을 본 노숙자가 허허 웃으며 컵라면을 건넸다.

"잘했다. 국물이라도 마셔라. 좀 괜찮아질 거야."

순근은 컵라면을 들어 국물을 마셨다. 거짓말처럼 목의 통증이 사라졌다.

"빨리 말해봐요. 왕따를 어떻게 멈춘다는 거죠?"

"너, 담배 하루에 한 갑씩 바치는 거지?"

"맞아요."

"돈도 빼앗겼냐?"

"아직…… 사실, 한 번 빼앗겼어요."

"앞으로 더 심해질 거야. 돈을 가져간 다음에는 여선생 치마 속을 휴대폰으로 촬영하라고 했지. 그다음엔 친구의 고양이를 죽이게 했고."

노숙자의 아들이 그런 순서로 당했던 걸까.

"그런데 말이다, 너 개를 죽일 수 있냐?"

"네?"

노숙자는 대답 없이 소주병을 들어 순근 앞으로 내밀었다. 이런 장면은 드라마에서 많이 봤다. 노숙자와 건배하지는 않았지만 말이다. 순근은 생수병을 들어 허공에 건배

하고 물과 섞인 술을 한 모금 마셨다.

"술도 처음 마셔봤는데 개를 죽이는 것은 무리겠지. 파리는 죽일 수 있나?"

"파리는 당연히 잡아야죠. 그걸 죽인다고 말하는 건 좀 이상해요."

"그럼 잠자리는?"

순근은 고개를 끄덕였다.

"잠자리 다음은 참새, 참새 다음은 까치, 까치 다음은 두더지, 두더지 다음은 개, 개 다음은 소, 소 다음은 사람."

"도대체 무슨 소리 하시는 거예요?"

"죄의식이 점차 없어진다는 말이다. 네가 담배를 계속 갖다 바치면 그 애들의 죄의식이 점점 사라져서 결국 내가 말한 대로 될 거야."

볼 커터가 어제 담뱃불로 자신을 위협한 것이 생각난 순근은 속이 답답해져 생수병의 소주를 벌컥벌컥 마셔버렸다. 언제 다 마셨는지 소주가 금방 동이 났다.

"더 주세요."

"허허, 처음인데 반병을 다 마셨어? 집에 들어가려면 이제 멈추는 게 좋아."

"술이 체질인가 봐요. 더 주세요."

3장 105

노숙자는 순근이 내미는 생수병을 받아 소주를 조금 더 따라 주었다.

"오늘은 그것까지만 마셔라."

순근은 기분이 좋았다. 몸이 붕 뜨는 것 같았고, 볼 커터를 보면 복부에 주먹을 꽂아버리고도 싶었다.

"좋아요. 어떻게 하면 왕따에서 벗어나죠?"

"그놈들보다 더 미친놈이 되어야 해."

"그럼 더 두들겨 맞기만 할걸요."

그러자 노숙자는 잠시 가만히 생각하는 것 같더니 입을 열었다.

"그놈들을 기습 공격하고 학생부실로 도망가면 어떠냐?"

"그럼 제가 가해자가 되잖아요."

"뭐 어때?"

"'뭐 어때'라뇨. 아버지가 절 사람 취급도 하지 않을 거라고요!"

"그럼 어떠냐니까? 가해자가 되는 게 더 나아. 가만히 있으면 파멸할 뿐이라고. 그리고 내가 보기에, 넌 네 아버지에게서도 벗어나야 해."

매일 잉여인간이라고 일갈하는 아버지에게 퇴학당한

모습을 보여줄 생각을 하니 순근은 어쩐지 통쾌한 기분이 들었다. 아마 술 때문일 것이다.

"다른 방법은 없어요?"

"음...... 똥 같은 것을 뒤집어씌우는 방법도 있지."

"윽, 그건 너무 더러워요."

"밤에 골목에 숨어 있다가 벽돌 같은 거로 뒤통수를 칠 수도 있지."

그런 식의 기습이라면 할 수 있을 것 같았다. 하지만 잘못하면 그놈들이 죽을 수도 있다.

"너, 지금 사람을 벽돌로 치면 죽을 수도 있다고 생각했지? 하지만 그놈들은 그런 생각 안 해. 결국 네 뒤통수를 벽돌로 내리칠 놈들이라니까?"

볼 커터와 백상아리의 얼굴을 떠올리니, 그놈들은 그러고도 남을 놈들이라는 생각이 들었다.

"아까 네가 나한테 잉여인간, 사회의 암 덩어리라고 했잖아. 그 분노를 널 괴롭힌 놈들에게 쏟는 거야."

그 말에 용기가 샘솟았다. 아마 술 때문일 것이다. 순근은 빈 소주병을 들고 공원 연석에 내리쳐 깼다. 병이 엄청난 소리를 내면서 깨졌다. 놀란 노숙자가 벌떡 일어서서 주변을 둘러보았다. 반면 순근의 마음은 편안하기만 했다.

"지금 여기서 하라는 게 아니야! 잘 생각하고 그놈들 앞에서 폭발시켜야지."

"방법을 알려준 건 아저씬데 왜 쫄아요? 그나저나 아저씨, 술 좀 사다 주세요. 그 일을 진짜 시도하려면 용기가 더 필요할 것 같아요."

"복수에 술의 힘을 빌리겠다고?"

술의 힘으로라도 그놈들에게서 탈출하면 좋지. 순근은 악마에게라도 영혼을 팔 기세였다.

"아저씨가 먼저 시작한 거라고요. 소주는 얼마예요?"

순근은 가방에서 만 원짜리를 꺼내 노숙자에게 건넸다.

"뭐, 좋은 방법이 될 것 같긴 하다만…… 모든 책임은 너 자신에게 있다는 걸 잊지 마라."

4장

국선변호인

김하준의 거처는 경찰에게 알아낼 수 있었다. 정확히는 박근태가 거처를 알았다기보다, 경찰이 대신 연락해주었다. 김하준은 박근태와의 만남을 거부했다. 충격을 심하게 받아서 경찰도 조사를 위해 수사 초반에 고작 두 번 만날 수 있었다고 한다.

그리고 경찰은 김하준의 사진을 달라는 박근태의 요청을 거부했다. 김하준은 미성년자이고, 사건 가해자의 변호인에게는 허가 없이는 사진을 보여줄 수 없다고 했다. 박근태는 전조협의 기대와 달리 김하준과 관련한 정보를 더 건지지 못한 채 접견을 갔다.

이런저런 서류를 준비하고 있자 기대에 찬 눈을 한 전조협이 나왔다. 의자에 앉은 전조협은 대뜸 물었다.

"변호사님, 어땠어요? 김하준을 만났나요?"

박근태는 전조협의 눈을 바라볼 수 없어 시선을 딴 데로 돌렸다.

"못 만났습니다."

"왜요?"

"애가 사라졌어요."

"……사라지다뇨?"

"전학 갔어요. 선생님도 친구들도, 아무도 김하준과 연락이 닿지 않았어요. 겨우 경찰을 통해 연락해봤지만 만남을 거부하더라고요."

"저런…… 그럼 그동안 변호사님은 도대체 뭘 하고 다니신 겁니까?"

비꼬는 말투였다. 박근태의 가슴에서 뭔가 욱하고 올라왔지만, 곧 피의자란 원래 저런 법이라는 생각이 들었다. 사실 박근태는 국선변호인이니, 재판에 참여해서 학교 교육에 대한 정신적 스트레스를 호소하여 전조협의 감형을 요구하면 의무는 다하는 것이었다. 전조협이 다녔던 학교에 가서 교장을 만날 필요도, 김태수를 만날 필요도 없었다. 하지만 변호사의 임무를 충실히 하고 싶었다.

박근태는 침을 삼켜 묵직해진 기분을 가라앉혔다.

"그건 그렇고, 김하준이 학교폭력 피해자였다면서요?"

"그것도 거짓이겠죠. 그냥 학교에 오기 싫어서 그러지 않았겠습니까? 그런 양아치들은 입만 열면 거짓말이에요."

이제 전조협은 숫제 이글이글 불타는 눈으로 박근태를 보고 있었다.

"김하준의 담임선생님은 김하준이 착한 아이라고 하던데요."

"젊은 여선생 앞에서는 모범생인 척했겠죠."

"다른 선생님들도 김하준은 모범생이라고 했습니다. 또, 김하준이 왜 그날 학교 옥상에 있었는지 의문을 가지더군요."

"그놈이 속인 겁니다. 모두를 말이에요. 변호사님, 사이코패스에게 그런 특징이 있지 않습니까? 아무도 모르는 진짜 성격을 숨겼던 거죠."

"그럼 하나 묻겠습니다. 선생님이 생각하시기에 양아치들의 외모나 특징은 어떻습니까?"

"그놈들은 튀려고 안달이 났죠. 머리를 원색으로 탈색하거나 문신을 해요. 피어싱을 여러 개 뚫기도 하고, 교복은 당연히 입고 다니지 않아요. 그리고 근처에만 가도 담배 냄새가 나거나 강한 향수 냄새가 납니다. 보통 담배 냄새를 숨기기 위해서 향수를 뿌리거든요."

"김하준도 그랬나요?"

전조협의 입술이 굳게 닫혔다. 김하준은 그런 외모가 아니었기 때문이겠지.

"……외모도 속인 겁니다."

"왜죠? 김하준이 진짜 양아치라면, 또는 양아치가 되려고 했다면, 민주영이나 김태수처럼 다른 학생들에게 위협이 되는 외모나 복장을 하고 다니지 않았을까요?"

전조협이 고개를 끄덕이며 대꾸했다.

"그러니까 그놈이 보통 놈이 아니라는 겁니다."

전조협은 여전히 김하준이 제일 나쁜 놈이고, 자신을 배신했고, 이 모든 상황을 꾸몄다고 말한다. 하지만 김하준의 담임이나 다른 교사들은 김하준이 착한 아이라고 했다. 도대체 어떻게 된 일일까?

일단 학생을 죽음에 이르게 한 전조협의 정신상태를 의심할 필요가 있다. 편향된 생각으로 김하준에게 모든 책임을 전가하고 있는 것이다. 하지만…….

전조협은 지금도 확신에 차 있다. 박근태는 십수 년간 변호인 생활을 하면서 피고인의 말이 진짜인지 거짓말인지 파악하는 능력이 생겼다. 전조협은 절대 거짓말을 하고 있지 않다. 그렇다고 김하준의 담임이나 같은 반 아이들이 남들 몰래 입을 맞춘 것도 아니다. 모순된 이 상황을, 어떻게 설명할 수 있을까?

곧 박근태의 머리에 한 가지 이론이 생성되었다. 증언들과 들어맞는 이론이었다.

"선생님은 민주영과 김태수가 싫었죠? 그 애들을 학교 밖으로 몰아내고 싶었죠?"

"그건 김하준과는 아무 관계가 없는데요."

"잘 생각해보세요. 김하준이 왜 그랬는지요."

열혈 교사

"전조협 부장, 한잔 받아."

교장이 기분이 좋은지 소주병을 내밀었다.

"네."

전조협이 소주잔을 들자 교장은 소주를 넘치도록 따르며 말했다.

"역시 전 부장은 학생부장이 적임이야."

오늘은 교장이 특별히 만들어준 1학년부 회식 자리다. 1학년 담당 선생들 모두 민주영 때문에 골머리를 앓았는데, 전조협이 민주영에게 교내봉사를 시켜 다들 기뻐하고 있었다. 한 여교사가 웃으며 말을 걸었다.

"부장님, 그 녀석이 복도 청소하는 모습을 보니 왜 이렇게 통쾌한지 모르겠어요."

그러자 맞은편 남교사가 대꾸했다.

"흠흠, 학생에게 녀석이라니요?"

여교사의 웃음기가 없어질 찰나, 남교사는 크게 웃었다.

"그 '놈'이죠. 그놈을 얼른 퇴학시켜야 해요."

자리에 있던 교사들 모두 동의하는지 고개를 끄덕였다. 교장이 헛기침을 하면서 잔을 들었다.

"으흠, 퇴학이라뇨? 교사가 학생을 잘 지도해야죠."

물론, 말은 이렇게 했지만 속으로는 다른 교사들과 마음이 같을 것이다.

"여기 전조협 학생부장이 잘 지도할 테니, 여러분은 나머지 학생들 학력 향상에 힘써주십시오. 그럼, 우리 이라고등학교 1학년을, 위하여!"

모든 교사가 잔을 들어 건배를 했다. 전조협도 민주영에게 지난번의 복수를 시원하게 해서 기분이 좋았지만, 마지막에 끼어든 김하준 때문에 마음 한구석이 찜찜했다. 그래서 1학년 4반 담임에게 물었다.

"박수현 선생님, 선생님네 반에 김하준이라고 있죠?"

"네, 무슨 일 있나요?"

"어떤 애예요?"

박수현은 고개를 가로저었다.

"사실 저도 잘 몰라요. 입학하고 한 달 만에 등교하기 시작했거든요."

"한 달이요?"

"할머니랑 둘이 사는데, 등교 거부를 한다고 했어요. 할머니 말로는 하준이가 중학생 때 학교폭력을 당했다고 하더라고요. 그나마 출석 일수를 겨우 맞춰서 유급 없이 고등학교에 들어왔나 봐요. 이제라도 나오니 다행이죠."

"학교폭력 피해자라……."

뭔가 이상했다. 학교폭력 피해자라면 본능적으로 민주영 같은 양아치를 피해 다닐 텐데, 오늘 김하준은 오히려 리어카를 가지고 와서 민주영을 도왔다.

"선생님, 하준이한테 무슨 일 있는 거예요?"

"아니요, 아무것도."

다음 날, 전조협은 민주영을 학교 교문 밖으로 불렀다. 주변 길가에는 담배꽁초가 많았다.

"오전에 학교 주변 담배꽁초 전부 주워라."

원래는 집게를 줄 수도 있지만, 민주영을 골려주고 싶어 목장갑 한 켤레만 민주영 앞으로 던졌다. 목장갑을 본 민주영의 표정이 일그러졌다.

"왜 또 불만이냐?"

"복도 청소만 하는 거 아니었어요?"

"봉사활동 담당은 나, 학생부장이야. 저거 모두 너 같은 놈들이 피운 거니 불만 가지 말아라."

그러자 민주영이 허리를 숙여 목장갑을 주웠다.

"담배꽁초만 모으면 되는 거죠?"

"쓰레기도 있으면 주워야지."

"저 괴롭히는 데 재미 들리셨나 봐요?"

"지시 거부하는 거냐?"

"아니요, 이번에는 제가 졌으니 벌을 달게 받아야겠죠."

"알았으면 어서 시작해라."

전조협은 봉사활동 기간 동안 민주영이 자신에게 화를 내고 학교를 뛰쳐나가게 만드려고 했다. 그래야 다음 징계인 사회봉사를 시키고, 그것마저 제대로 하지 않으면 강제전학을 보낼 수 있기 때문이었다. 하지만 민주영은 표정에는 불만이 잔뜩 묻어 있었지만 결국 전조협이 시키는 모든 봉사활동을 해냈다.

"이제 징계는 다 끝난 거죠?"

"……어째 네 성격에 잘 참았다?"

"이게 다 큰 그림이죠."

"전쟁 선언이냐?"

"예에? 무슨 그런 이상한 소리를 하십니까아?"

"앞으로도 내가 계속 지켜볼 거다. 잊지 말아라."

그 말대로, 전조협은 끊임없이 민주영을 주시했다. 민주영과 김태수는 평소와 다를 바 없었다. 수업 시간에는 여전히 잠을 잤고, 느지막이 학교에 와서 급식만 축냈다. 예전과 다른 점이 있다면 그 옆에 늘 김하준이 붙어 있었다.

김하준은 지난번에 리어카를 가져와 민주영을 도와준 이후, 아예 민주영 아래로 들어간 것 같았다. 아니면 그저 민주영이 셔틀로 이용하는 거든가 말이다.

나름 전조협의 눈치를 살피는지, 그 후 민주영 패거리는 별다른 문제를 일으키지 않았다. 급식실에서 종종 새치기를 하긴 했지만 그것에 불만인 아이들은 없었다. 전조협 입장에서는 신고가 들어와야 민주영 패거리를 조질 수 있는데 말이다. 전조협은 답답해서 화병이 생길 지경이었다. 새로운 국면이 필요했다.

고민 끝에 전조협은 김하준을 학생부실로 불렀다. 김하준은 키와 덩치가 평범했지만 자세가 발랐고, 강렬한 눈빛을 가지고 있었다. 학교폭력 피해자들은 보통 어깨가 굽어 있고 눈동자가 빠르게 움직이는데, 김하준은 달랐다. 피해자가 아니라 오히려 가해자 쪽의 얼굴에 가까웠다.

"저 부르셨어요?"

"너, 오랜만에 학교 왔다던데?"

"네, 그랬죠."

"요즘 민주영과 김태수랑 같이 다니던데, 혹시 그놈들이 널 괴롭히냐?"

"아뇨? 우린 친구예요."

김하준은 전조협의 눈을 피하지 않았다. 전조협의 눈빛을 정면으로 받고도 시선을 돌리지 않는 학생은 민주영 말고는 없었다. 자신의 눈빛을 온전히 받는 이놈도 만만치 않은 놈임이 확실하다고, 전조협은 생각했다.

"민주영이랑 김태수는 양아치야. 중학생 때부터 유명한 양아치였다고."

"네? 선생님, 도대체 무슨 말씀을 하시는 거예요?"

김하준은 침착했다.

"그놈들이 예전에 강제 전학을 몇 번이나 당했는지 알아? 사유도 학교폭력, 강도, 절도…… 민주영은 단기지만 소년원도 다녀왔다고."

"알고 있어요. 그게 왜요?"

"그걸 알고도 같이 다닌다고? 내가 알기론 네가 학교폭력 피해자여서 최근까지 학교에 안 나왔다던데?"

그 말을 들은 김하준의 표정이 일그러졌다.

"……주영이 형이랑 같이 다니니까 아무도 절 건드리지 않더라고요. 덕분에 이제 학교 잘 다닐 수 있을 것 같아요."

"네가 민주영과 같이 다니면 학폭 가해자가 되는 거야. 소싯적 생각을 해야지."

"그게 어때서요? 제가 학폭 당할 때, 아무도 절 구해주지 않았어요. 선생님들도, 경찰도 모두 법만 찾았다고요."

그럴 만도 했다. 전조협이 생각하기에, 이제는 학생인권조례다 뭐다 해서 학생을 선도할 방법이 없다. 교사가 학생을 지도하느라 목소리를 조금 높이면 판사는 아동 폭력으로 교사에게 벌금형을 내린다. 상황이 이러니 교사들이 점차 지도를 포기할 수밖에.

"이라고등학교는 내가 구할 거다."

전조협은 주먹을 불끈 쥐어 보였다.

"그치만 선생님은 애들 사이에서 악명이 높아요. 아세요? 주영이 형도 이를 갈고 있던데요."

"이 자식이, 선생님한테 못 하는 말이 없어!"

"제 말 좀 들어주세요, 선생님, 주영이 형이 왜 소년원에 간 줄 아세요?"

전조협은 거기까지는 알지 못했다.

"중학교 때 칼로 선생님을 찔렀거든요. 그 선생님은 수술을 받긴 했지만, 배에 큰 상처가 남았어요. 결국 학교를 그만두셨죠. 근데, 그 선생님은 여자였어요. 주영이 형은 물불을 가리지 않아요. 계속 자극했다가는 선생님도……."

"그만!"

불쾌했다. 김하준이 자세한 상황을 알고 있는 것은 민주영이 그것을 자랑이라고 말했기 때문일 것이다. 민주영은 소년원에 갔다 왔어도 반성은커녕 그것을 마치 명예로운 훈장처럼 생각하고 있다.

"날 걱정할 게 아니라 널 생각해라. 같이 다니다가는 너도 그놈한테 찔릴 수 있단 소리잖아."

그러자 김하준이 고개를 푹 숙였다. 그때, 전조협의 머릿속에 지난번에 본 영화가 떠올랐다. 형사가 조폭인 척 조폭 소굴로 들어가는 내용이었다.

"내가 없었다면 민주영은 온갖 악행을 더 많이 저질렀을 거다. 지금은 징계받은 지 얼마 안 됐으니 잠잠하지만, 곧 악의를 드러낼 거라고."

김하준이 고개를 들었다. 전조협은 눈을 가늘게 뜨고 말했다.

"난 민주영과 김태수를 이라고에서 쫓아낼 거야. 그러려면 네 도움이 필요하다."

"어떻게요?"

"너, 〈신세계〉라는 영화 아냐?"

김하준은 고개를 끄덕였다.

"별거 아니야. 무리하지 않아도 된다. 민주영과 김태수가 어디서 담배를 피우는지만 알려줘라."

"……선생님, 자신 있으세요?"

"반드시 쫓아낼 거다."

잠시 고민하던 김하준이 마침내 입을 열었다.

"구령대요. 구령대 아래 움푹 들어간 곳이에요."

학교 건물에서는 운동장이 내려다보인다. 하지만 구령대 앞은 사각지대다.

"이 괘씸한 놈들!"

등잔 밑이 어둡다더니, 훌륭한 작전이다. 하지만 강력한 아군도 있겠다, 전조협은 이 전투를 유리하게 이끌 수 있을 것 같았다.

"좋아, 넌 지금처럼 민주영이랑 놀면서 나한테 소소하게 협조하면 되는 거야. 그다음부터는 내가 알아서 할 테니까. 그럼 가봐라."

흡연 현행범으로 선도위원회에 올려야지. 학교는 금연 건물이니 부모에게 과태료 청구도 할 것이다. 그러면 그 쓰레기 아버지도 민주영을 때릴지 모른다. 전조협의 입가에 저절로 미소가 지어졌다.

현행범으로 잡을 때 민주영이 주먹을 휘두르면 좋겠다. 그럼 교사에게 폭력을 휘두른 죄로 바로 퇴학시켜버릴 것이다. 아니지, 형법으로 다스려야지. 민사도 걸어서 그전에 빼앗긴 오백만 원도 찾아오고.

시클리드

"야, 멸치!"

순근은 자신을 부르는 소리에 담배 한 갑을 들고 가 볼 커터에게 건넸다. 이놈들은 언제나 학교에 느지막이 와서는 따박따박 담배를 받아 간다. 순근은 며칠간 순순히 담배를 가져다 바쳤다. 그러면서 이놈들을 어떻게 처리할까 매일 생각하고 또 생각했다.

다시 자리로 가려는 순간, 볼 커터가 순근을 불렀다.

"멸치! 누가 가래?"

볼 커터는 일어나 멈춰선 순근에게 다가왔다.

"야, 멸치, 돈 좀 빌려줘라."

드디어 나왔다. 빌려달라고 말은 했지만, 이건 빼앗는 것이다. 노숙자의 말이 맞았다. 담배 다음은 돈을 빼앗을 것이고, 그 액수는 점차 커질 것이다. 지금 거부하면 날 때릴까?

"돈? 돈…… 없어."

그러자 볼 커터가 두꺼운 손으로 순근의 어깨를 잡고는 소리쳤다.

"샤크!"

백상아리가 자리에서 일어나 순근을 지나며 말했다.

"나오면 다 우리 거다."

그러고는 순근의 가방을 뒤지러 가버렸다. 돈은 주머니에 있지만, 가방에는 소주를 넣은 생수병이 있다. 혹시라도 그 안에 든 것이 술인 걸 들키면 큰일이다. 순근은 급히 백상아리를 불러 세웠다.

"잠깐! 알았어."

순근이 주머니를 뒤져 만 원짜리 한 장을 내밀었다. 하지만 볼 커터는 비릿한 웃음만 지었다.

"멸치 새끼 주제에 잔대가리 굴리네."

그 말을 들은 백상아리가 다가와 순근의 주머니를 뒤지려 했다.

"왜 이래? 돈 줬잖아!"

몸을 피하자 뒤통수에 강한 충격이 왔다. 볼 커터였다.

"가만히 있어라."

그사이 백상아리는 순근이 뒷주머니에 숨겨둔 오만 원짜리 지폐를 찾아 흔들었다.

"야, 이 새끼 돈 많네."

볼 커터가 돈을 받아들었다.

"거짓말한 죄로 오늘은 이걸 빌려가겠어. 앞으로는 하

루에 담배 한 갑이랑 만 원씩 내놔라. 어기면…… 알지?"

볼 커터는 묵직하게 경고하고는 문 쪽으로 움직였고, 그 뒤에 있던 백상아리는 순근 옆을 지나치며 호구 새끼라고 비웃었다. 그러고는 볼 커터의 어깨에 팔을 두르며 말했다.

"그냥 하루에 오만 원씩 바치라고 하자. 담배는 멸치처럼 노숙자 놈한테 사 오라고 시키면 되잖아."

나가면서 하는 말이었지만 순근의 귀에는 전부 들렸다. 얼마 지나지 않아 정말 오만 원씩 바치라고 할 것이다. 거부하면 더 센 폭력이 올 것이다. 그다음에는 여학생 팬티를 훔쳐 오라고 할지도 모른다. 대책이 필요했다.

순근은 자리에 앉아 생수병을 꺼내 벌컥벌컥 들이켰다. 강렬한 액체의 맛에 식도가 타 내려갔다. 뿌드득 소리가 날 정도로 이를 악물었다.

저놈들한테 어떻게 복수할까? 순근은 계속 고민했다. 정석은 경찰에 신고하는 것이다. 하지만 저놈들은 중학생 때부터 강제 전학이나 경찰서 들락거리는 데 이골이 난 놈들이다. 저놈들의 부모들도 꿈쩍도 하지 않을 것이다. 설령 운 좋게 퇴학을 당한다 하더라도, 그때부터는 저놈들의 해코지가 두려워 밖을 돌아다니기 힘들 것 같았다.

그렇다면 변칙을 써야 한다. 순근은 스마트폰을 켜고 장바구니에 담아놨던 방검복, 전기충격기, 후추 스프레이를 결제했다. 술기운이 올라오는지 점점 기분이 좋아졌다. 생수병을 들어 다시 벌컥벌컥 마셨다.

'저 새끼들을 어떻게 조지지? 역시 밤에 기습하는 게 좋겠지? 전기충격을 받으면 어떻게 될까?'

즐거운 상상을 하고 있는데 회장과 눈이 마주쳤다. 순근은 괜히 부아가 치밀었다.

"뭘 쳐다봐, 개새끼야!"

순근의 외침에 교실이 조용해지고 반 아이들이 순근을 바라봤다. 평소라면 그 시선을 이겨낼 수 없었겠지만, 술이 들어가서인지 오히려 용기가 솟아났다.

"너네 전부 학교폭력 방관자야. 내가 없어지면 다음은 누굴 것 같아? 너희 중 누군가일 거라고!"

아무도 대꾸하지 않았다. 그러든 말든, 순근은 애들이 제 시선을 피하는 것을 보니 기분이 좋았다.

그때, 수업 시작종이 울렸다. 담임 수업 시간이다. 학급에 관심 없는 담임 수업 따위는 듣고 싶지도 않다고 생각한 순근은 소주가 든 생수병을 들고 교실을 뛰쳐나왔다. 아버지의 얼굴이 잠깐 스쳐 지나갔지만, 뇌가 교실에서 나가라고 명령했다.

담을 넘어 학교를 벗어난 순근은 소주와 먹을 요량으로 편의점에서 컵라면을 사 들고 노숙자와 만났던 벤치로 갔다. 그런데 그곳에 노숙자가 누워 있었다.

"어? 아저씨, 오늘은 왜 벌써 여기 있어요?"

노숙자가 기지개를 켜며 일어났다.

"너야말로 지금 학교에 있을 시간 아니냐?"

"땡땡이쳤어요."

그러면서 순근은 생수병을 들고 흔들었다.

"드디어 시클리드가 변신에 성공했군."

"시클리드요?"

노숙자가 순근이 든 생수병을 빼앗듯 받아 마셨다.

"크아! 시클리드의 일종인 하플로크로미스 부르토니라는 물고기는 계기가 있으면 강력하게 변신하지."

이 아저씨는 어떻게 이런 걸 다 알고 있지?

노숙자는 순근의 생각을 읽기라도 했는지 순근의 컵라면도 자신 앞으로 끌어오며 말했다.

"카프카의 『변신』이라는 소설을 아냐?"

소설에 관심을 가져본 적 없는 순근이 고개를 흔들자 노숙자는 컵라면을 후루룩 먹고는 다시 입을 열었다.

"컵라면값을 해야지. 카프카는 『변신』에서 주인공 그레고르를 벌레로 변하게 했어. 집 밖으로 나가지 못하는 상태에서 자신을 돌아보게 한 거지."

"그게 무슨 뜻인데요?"

"벌레가 된 것처럼 최악의 상황이 되어야 자신을 돌아볼 수 있다는 말이다. 난 사업도 망하고, 아들도 챙기지 못해 왕따를 당하게 만들었지. 그래서 나를 돌아보기 위해 노숙자가 되기로 마음 먹은 거야."

일부러 노숙자가 됐다고? 노숙자는 생수병 속 술을 또다시 벌컥벌컥 마시더니 말을 이었다.

"언젠가 난 깨달을 거야. 시클리드처럼 변신할 날을 기다리는 거라고."

순근의 눈에는 그가 학교 선생님들보다 나아 보였다. 어떻게 재기를 한다는 건지는 모르겠지만, 노숙자가 이야기한 물고기에게는 관심이 갔다.

"물고기 이름이 뭐라고요?"

"하플로크로미스 부르토니."

순근은 그 이름을 검색해 보았다. 동아프리카 탕가니카 호수에 사는 이 물고기의 수컷은 두 종류다. 하나는 화려한 색깔의 T시클리드, 다른 하나는 밋밋하고 약하며 생식능력도 없는 NT 시클리드다. T 시클리드는 힘이 강해서 쉽게 암컷들을 거느리고, 약한 NT 시클리드를 못살게 군다. 그런데 어떤 계기가 있으면 NT 시클리드는 고작 몇 시간 안에 변신을 한다. 몸 색깔이 화려해지고, 생식능력도 생긴다. T 시클리드가 되는 것이다.

순근은 자신이 마치 시클리드 같았다. 지금까지는 괴롭힘을 당하는 약한 NT 시클리드였지만, 이제는 괴롭히는 주체인 T 시클리드로 변신하고 싶었다.

"이봐, 오늘은 심부름 안 시키나? 소주가 부족한데."

순근은 조용히 라면을 사고 남은 천 원짜리 지폐들을 건넸다. 생각을 방해받고 싶지 않아서였다.

"넌 뭐 필요한 거 없어?"

"없어요."

노숙자는 가벼운 발걸음으로 편의점으로 갔다.

시클리드의 변신. 오늘 순근은 교실에서 다른 아이들에게 소리를 쳤다. 이제 담임도 아버지도 두려움의 대상으로 느껴지지 않았다. 술의 힘이겠지만, 앞으로도 무섭지 않을 것 같은 기분이었다. 정말로 시클리드처럼 변신에 성공했다는 느낌이 들었다.

때마침 노숙자가 소주와 안주를 사 들고 돌아왔다.

"마시자, 어린 친구."

문득 시계를 보니 담임 수업 시간이 십오 분 정도 남아 있었다. 순간, 순근의 머릿속에 재미난 생각이 떠올랐다.

"저 학교에 다시 가볼게요. 저녁에 만나요."

"벌써 간다고?"

"자세한 건 이따 말씀드릴게요. 그때 소설 이야기 더 자세히 해주세요!"

순근은 학교로 뛰었다. 몸속의 호르몬이 요동을 치는지 전혀 힘들지 않았다. 당당하게 교문으로 들어가자 학교 지킴이가 교문 옆 초소에서 나와 물었다.

"야, 너 뭐야?"

"교복 보면 몰라요? 학생이지."

순근은 당당하게 말하고는 다시 교실을 향해 뛰었다. 늦으면 전부 소용없다. 앞문을 열고 교실로 들어갔다. 그러고는 시계를 보며 소리쳤다.

"열한 시 삼십팔 분!"

담임도 교실의 아이들도 어안이 벙벙하여 순근을 바라봤다.

"선생님, 열한 시 삼십팔 분이에요."

순근의 이상 행동에 담임이 화가 나는지 입술을 씰룩거

렸다. 하지만 '오늘도 무사히'라는 신념이 더 강했는지, 그는 침을 꼴깍 삼키고는 침착하게 입을 열었다.

"알았다. 들어가서 앉아라. 수업 마치고 이야기하자."

순근은 순순히 자리에 앉았다. 소란에 자다 깬 볼 커터와 백상아리가 순근을 바라보았지만 두렵지 않았다.

십이 분 후 수업을 마치는 종이 울렸다.

"이순근 학생은 따라오도록."

순근은 담임을 따라 교무실에 들어갔다.

"지난번 과학탐구실험 수업 때는 자다가 늦었다지만, 지금은 어디 갔다 온 거냐?"

"편의점이요."

담임의 눈살이 찌푸려졌다. 순근의 말이 황당하게 들린 것이 분명했다.

"도대체 왜? 왜 무단 결과를 하면서까지 편의점에 간 건데?"

담임은 진지하게 말했지만, 순근은 드디어 걸려들었다고 생각했다. 선생님, 오늘은 '무사히'가 아니랍니다.

"네? 무단 결과라뇨? 무단 결과 아니에요."

"방금 네가 편의점에 갔다 왔다고 했잖아?"

"네, 그렇지만 무단 결과는 아니죠."

담임의 얼굴이 심하게 일그러졌다.

"수업을 빠지고 편의점에 갔잖아. 무단 결과 맞아."

"그럼 규정집 보여주세요. 선생님이 지난번에 수업 시간 십 분만 참여하면 괜찮다고 하셨잖아요. 그리고 제가 교실에 들어오면서 열한 시 삼십팔 분이라고 말했잖아요. 수업은 열한 시 오십 분에 끝났고, 전 끝나기 십이 분 전에 들어왔어요. 그러니 무단 결과는 아니죠."

담임의 얼굴이 점차 붉어졌다. NT 시클리드처럼 약한 학생에게만 훈계를 하시겠다고요?

"좋아, 그렇다고 치자. 왜 그런 행동을 한 거냐?"

"그런 행동이요?"

"학생이라면 수업을 처음부터 끝까지 전부 듣는 게 정상이야."

"그럼 수업 시간에 자면 수업에 참여하지 않는 거네요. 맨날 자는 애가 두 명이나 있는데, 그 애들한테도 뭐라고 하셔야 하는 거 아니에요?"

이제 담임의 얼굴은 붉은색에서 검은색으로 변해가고 있었다. 순근도 자신이 이토록 뻔뻔하게 말할 수 있다니 놀랐다. 그때 다음 수업 시작종이 울렸다. 담임이 입술을 깨물었다.

"그, 그만 가봐라."

"무단 결과 아닌 거예요, 선생님. 부모님께 연락하거나 하진 않으실 거죠?"

담임은 말하고 싶은 것이 있는지 입을 씰룩거렸지만, 말이 되어서 나오지는 않았다. 순근은 가벼운 발걸음으로 교실로 걸어갔다. 지금의 자신이라면 무협지에 나오는 경공을 쓸 수도 있을 것 같았다. 머리가 팽팽 돌았다. 뇌가 마치 슈퍼컴퓨터, 아니, 양자컴퓨터라도 된 듯 재미난 계획들이 머릿속에서 마구 생겨났다.

그날, 순근은 학원에 가지 않고 노숙자와 함께했다. 둘은 술을 마시며 이런저런 이야기를 나눴다. 노숙자가 친구에게 배신당해 망한 이야기, 아들이 학폭을 당해서 학교에 가지 않고 있다는 이야기……. 그와의 대화는 순근의 머리에서 무한으로 도파민을 생성해냈다.

"그때 가해자들을 응징했어야 했는데. 그랬으면 우리 아들도 집에만 있지 않을 텐데 말이야."

"아들 못 본 지는 얼마나 되셨는데요?"

"한 이 년 됐나."

그렇다면 지금 중학교 3학년. 순근보다 한 살 어리다.

"집에 안 가도 돼요?"

"이런 모습으로 어떻게 가겠냐?"

"아저씨도 빨리 T 시클리드로 변신해서 재기하시면 좋을 텐데."

그러자 노숙자가 손등으로 순근의 가슴을 툭 쳤다.

"아들 같아서 하는 말인데, 학교폭력은 초반에 끊어내야 해."

"저도 다 생각이 있어요."

전화가 계속 울렸다. 순근은 가뿐히 무시해주었다. 잠시 후 메시지가 왔다.

[전화는 왜 안 받니? 네가 또 무단으로 수업 빠졌다고 담임선생님한테 연락 왔어. 그리고 학원도 빠졌다며? 너 진짜 뭐가 되려고 이러니? 빨리 와. 아버지가 단단히 벼르고 있어.]

변신하기 전이었다면 두려움에 가슴이 울렁거렸겠지만, T시클리드가 된 지금, 순근은 전혀 두렵지 않았다.

"계속 전화 오는 것 같은데, 안 들어가도 되냐?"

"아저씨, 저 오늘부터 T시클리드라고요."

"그건 물고기야. 우리는 사람이고. 물고기와 사람은 달라."

순근은 노숙자의 말을 한 귀로 흘리며 소주가 든 생수병을 들어 노숙자와 건배하고는 마셨다.

"아저씨, 학습된 무기력이라고 아세요?"

"알지. 사례도 아주 많이 알고. 원래 코끼리는 자기를 묶어놓은 쇠말뚝 정도는 쉽게 뽑아버리지만, 어릴 적부터 묶어놓으면 나중에는 벗어나려고 노력하지조차 않는다는 게 대표적이지. 그런데 갑자기 그건 왜 물어?"

"저는 아버지만 보면 오금이 저려요. 어렸을 때부터 매를 맞고 자라서 그런가 봐요."

"음…… 무슨 뜻인지 알겠다. 하지만 부모 입장에는 모두 자식이 잘됐으면 해서 그러는 거야."

순근은 손가락 하나를 들어 좌우로 흔들었다.

"아니요, 아저씨 아들을 생각해보세요. 아저씨 방법이 맞았던가요?"

그러자 노숙자는 잠시 생각하다가 고개를 끄덕였다.

"그래, 잘못되었네. 난 아들을 이해하려고 하지 않았어."

"그럼 학습된 무기력에서 벗어나는 방법을 알려주세요. 아버지에게서 벗어나는 방법 말이에요."

"개에게 전기충격을 가했다는 학습된 무기력 실험을 아니?"

"알아요. 개들이 너무 불쌍해요."

"근데, 모든 개가 전기충격을 받아내지는 않았다더라."

"그게 무슨 말이죠?"

"모든 개가 무기력을 학습한 것은 아니었어. 꽤 많은 개가 담을 넘어 전기충격에서 벗어났대. 쇠말뚝을 뽑아 자신을 때리는 조련사를 공격한 코끼리도 있고 말이야."

개들이 전부 무기력해진 것이 아니었다. 순근에게는 그 말이 자신도 아버지의 그늘에서 벗어날 수 있다는 소리로 들렸다.

"어떻게 하면 벗어날 수 있을까요?"

"내가 보기에, 넌 이미 벗어났어."

"맞아요, 지금 같아서는 아버지 손에 있는 회초리도 빼앗아서 부러뜨릴 수 있을 것 같아요. 하지만 그러면 부모님이 저 보고 집에서 나가라고 할 거라고요. 제가 아저씨처럼 집 나와서 살 수는 없잖아요."

"그런 부모는 세상에 없어."

"아니요, 아저씨가 우리 아버지를 몰라서 그래요. 대기업 부장이라고요. 얼마나 프라이드가 강한데요."

"가진 것이 많을수록 잃을 것도 많지."

그때, 순근의 머릿속에서 번개가 쳤다. 아버지를 이길

방도가 떠오른 것이다.

"많은 가르침을 주셔서 감사합니다."

"뭔가 생각난 거냐? 내가 도움이 되었다니 다행이군."

노숙자는 기분이 좋은지 소주병을 들어 마셨다. 순근은 스마트폰을 꺼냈다.

"이제 우린 친구니까, 기념으로 같이 사진 찍어요."

"사진? 노숙자랑 무슨 사진을 찍어."

"카프카와 시클리드를 아는 노숙자가 대한민국에 얼마나 있겠어요? 아저씨는 1등 노숙자예요."

"크큭, 놀리냐?"

순근은 노숙자와 어깨동무한 채 사진을 찍었다. 냄새가 났지만, 얼마든지 참을 수 있었다.

"흐흐, 아저씨, 한잔하세요."

"좋지."

그렇게 둘은 술을 마시며 밤늦도록 이야기했다. 부모도 학교도 친구도 받아주지 않던 순근을, 노숙자는 받아주었다. 순근은 노숙자에게 누구에게서도 느낄 수 없었던 우정을 느꼈다. 부모에게도 느끼지 못했던 고마운 마음이 들었다. 비로소 사는 것이 즐거웠다.

순근은 밤늦게 집으로 들어갔다. 그런데 아버지가 소파

에 앉아 순근을 기다리고 있었다. 소파 테이블에는 담배 몇 갑과 소주병이 놓여 있었다. 담배는 그놈들에게 바치려고 책상 서랍에 둔 것이고, 소주는 순근을 변신시켜주는 약물이었다.

"너 뭐 하는 새끼야!"

아버지는 순근을 보자마자 고함을 쳤지만, 이제 큰소리에 주눅 들 순근이 아니었다. 순근은 어깨를 당당히 폈다.

"아버지가 말한 잉여인간이요."

"뭐? 이 새끼가 벌써부터 술에 담배까지. 넌 잉여인간도 아니야! 이 사회를 좀먹는 암 덩어리지!"

순근은 스마트폰 사진첩을 열어 노숙자와 찍은 사진을 들어 보였다.

"그래서 노숙자 연습도 하고 있습니다. 본격적으로 사회의 암 덩어리가 되는 훈련이요, 하하하!"

어머니가 다가와 순근의 어깨를 흔들었다.

"순근아, 도대체 왜 그래? 갑자기 왜 이렇게 변한 거야?"

어머니에게 조금 미안해졌지만, 곧 순근은 자신을 이렇게 만든 건 부모님도 한몫했다고 생각했다.

"절 그냥 좀 놔두면 안 돼요?"

아버지가 준비한 회초리로 소파 테이블을 탕탕 쳤다.

"너, 정신 개조해야겠다. 당장 이리 와서 종아리 걷어!"

"싫어요."

"뭐? 이놈이!"

아버지는 순근에게 달려와 따귀를 철썩 때렸다. 순근의 고개가 팽 돌아갔다. 술기운 때문인지 충격이 덜했다. 순근이 고개를 들자 다시 손이 날아왔다. 아버지가 있는 힘을 다했는지, 뺨을 맞은 순근은 떠밀려 바닥으로 쓰러졌다. 그래도 볼 커터가 배를 쳤을 때의 숨 막히는 통증보다는 덜 아팠다.

"이놈, 그냥은 안 되겠어."

그렇게 중얼거린 아버지는 신발장에서 쇠 파이프를 꺼내왔다. 쇠 파이프는 순근이 진짜 잘못했을 때만 나오는 것이다. 어머니의 지갑에서 돈을 훔쳤을 때와 수학 시험에서 18점을 맞았을 때, 아버지는 가차 없이 쇠 파이프를 들었다.

"엎드려. 더 늦기 전에 지금이라도 해야 해."

순근은 스마트폰을 켜 112를 눌렀다.

"이거 아동학대예요. 저도 더는 못 참아요. 지금 안 멈추시면 전화 겁니다. 그러면 아버지는 아동학대 현행범으로 잡혀가는 거라고요!"

"눌러! 이 호래자식아, 눌러!"

그 말에 분노한 아버지는 쇠 파이프로 순근의 허벅지를 때렸다. 엄청나게 아팠지만, 순근은 학대받았다는 증거를 얻기 위해 몇 대 더 맞았다. 그러고는 얼른 일어나 아버지가 들고 있는 쇠 파이프를 잡았다.

"너 이거 안 놔?!"

힘이 솟아났다. T시클리드가 되면서 힘도 강해진 것 같았다.

"아버지는 제 따귀를 때렸고, 허벅지에도 몽둥이 자국이 나 있어요. 이제 경찰이 아버지를 잡아갈 거예요. 내일 출근 못 하면 회사에 뭐라고 변명하실 거예요? 그 잘난 회사에 아동학대범으로 알려지면, 잘리지 않을까요?"

순근이 신고하지 않은 이유는 아버지가 직업을 잃으면 용돈을 받지 못할지도 모르기 때문이었다. 순근은 계속 편안하게 아버지 돈을 쓰고 싶었다.

"한 번만 더 때리면 지금 당장 경찰서로 갈 거예요. 그럼 아버지는 직업도 잃고 가정도 잃겠죠."

아버지는 똑똑하고 사리가 분명한 사람이다. 그러니 대기업 부장까지 올라갔겠지. 곧 쇠 파이프를 든 손에서 힘이 빠져나갔다.

"……도대체 너한테 무슨 일이 있었던 거냐?"

진즉 그렇게 관심 좀 가지지. 순근은 학교에서 학교폭력을 당했다고, 아버지의 강요도 힘들다고 구구절절 말하고 싶지 않았다.

"그냥 재수가 없었다고 생각하세요."

"너!"

아버지가 무심코 손을 들었다가 부르르 떨고는 다시 내렸다.

"이제 학원도 안 다닐 거예요. 절 그냥 놔두세요. 그러면 더 망가지는 꼴은 보지 않으실 거예요."

아버지는 대답 없이 소파에 털썩 주저앉아 순근이 마시려고 모아둔 소주 한 병을 따더니 벌컥벌컥 마셨다. 어머니가 울면서 순근의 어깨를 흔들었다.

"순근아, 대체 무슨 일이야. 왜 이렇게 변한 거야……."

"엄마도 마찬가지예요. 제가 노숙자랑 엄마 회사로 가는 것을 원치는 않으시겠죠?"

"순근아, 이해할 수 있게 이유라도 말해줘."

순근은 자신의 일에 어머니를 끼어들게 하고 싶지 않았지만, 말해주지 않으면 어머니는 이유를 계속 찾을지도 모른다.

"학교폭력이에요."

그 말에 술을 마시던 아버지가 고개를 번쩍 들었다. 볼 커터와 백상아리는 보통 놈들이 아니다. 아버지, 어머니가 나선다고 해결될 일이었다면 진즉에 말했을 것이다.

"저를 위해서 제발 학교 헤집지 말고 그냥 두세요. 가정폭력도 한몫했으니까."

말을 마친 순근은 방으로 들어가 책상 앞에 앉았다. 분명 아버지, 어머니는 학교로 전화할 것이다. 그럼 담임은 날 부르겠지. 어떻게 말해야 할까? 내가 부인한다고 해도 다른 애들이 볼 커터와 백상아리의 폭정에서 벗어나겠다고 증언할 가능성이 크다. 그럼 학생부에서는 볼 커터와 백상아리를 부를 것이고, 잃을 것 없는 두 놈은 그 분노를 내게 풀 것이다. 상황이 눈에 훤히 보였다.

오래도록 생각한 끝에 순근이 내린 답은 하나, 선제공격뿐이었다.

국선변호인

"제가 그놈들을 몰아내는 것과 김하준이 무슨 상관이냐니까요?"

머릿속에 한 가지 이론이 생겨났지만, 박근태는 굳이 전조협에게 말할 필요는 없다고 생각했다. 재판에 불리해질 수도 있으니까.

"아무것도 아닙니다."

그러고는 접견을 마무리하려 서류를 정리했다. 그러자 전조협이 수갑 찬 손으로 박근태의 손목을 잡았다.

"이유를 알려주셔야 갈 수 있으실 겁니다."

전조협의 손에 점점 힘이 들어가 손목이 아팠다.

"……좋습니다. 일단 이 손 좀 놓으세요."

그 말에 전조협이 박근태를 잡고 있던 손을 놓고는 의

자에 기대어 앉았다.

"선생님, 김하준이 처음에 리어카를 가지고 접근했다고 했죠?"

"맞아요, 일진 무리에 들어가려고 민주영에게 접근한 겁니다."

"그게 순수한 마음이었다면요?"

"무슨 말씀을 하시는 겁니까?"

"김하준은 벌을 받고 있는 친구를 순수한 마음에서 도운 거예요. 학교에 오랜만에 나왔으니 민주영이 나쁜 놈인 줄 몰랐던 거죠. 민주영도 받기 싫은 벌을 받는 중에 자신을 도와준 김하준에게 진심으로 고마워한 거고요."

"그럴 리가 없습니다."

전조협의 생각은 변함이 없었다. 단단한 바위처럼 깨지지 않으리라는 것을 알면서도 박근태는 가장 현실에 가까운 답을 말했다.

"선생님은 타도 민주영이 목표였죠? 그래서 김하준을 첩자로 삼아 그 패거리에 숨겨넣었고요. 그러니까 사실 김하준은 선생님 때문에 억지로 일진 무리에 들어간 거죠."

"아닙니다. 김하준은 그놈들이랑 어울리는 것을 진심으로 좋아했다고요!"

"그렇다면 그 애들처럼 염색도 하고, 문신도 하고, 담배도 피웠겠죠. 그게 십대 남학생들 마음 아니겠습니까?"

더는 참을 수 없었는지 전조협이 수갑을 찬 두 손으로 테이블을 쾅 쳤다.

"설마요. 김하준이 제 강요에 의해 첩자가 되었다면 임무를 잘 수행했겠죠. 하지만 그놈은 절 배신했습니다!"

"선생님께 민주영 패거리가 옥상에 있다고 알린 게 누구죠?"

사건 조서에는 김하준이라고 쓰여 있었다. 전조협이 김하준을 첩자로 심었고, 김하준은 민주영과 김태수가 옥상에서 술을 마실 때 약속대로 전조협에게 연락했다. 첩자로서 임무를 제대로 수행한 것이다.

"제가 보기에 김하준 학생은 임무를 충실히 수행한 것 같은데요."

"그러니까 그놈이 배신했다니까요!"

"선생님은 배신이라는 단어의 뜻을 모르십니까? 선생님에게 연락을 안 했으면 배신이죠. 하지만 김하준은 연락을 하지 않았습니까."

전조협의 눈알이 시뻘겋게 달아올랐다. 얼굴까지 붉으락푸르락 변하다가 문득 새로운 사실을 알아냈는지 갑자기 목소리를 높였다.

"그래! 셋이 꾸민 거예요! 민주영은 칼, 김태수는 후추 스프레이를 가지고 있었어요. 김하준이 저 몰래 민주영에게 붙은 거예요. 이중 첩자였던 거죠. 민주영이 저를 죽이려고 김하준을 시켜 절 옥상으로 끌어들인 겁니다. 하하하! 이제야 정답을 찾았네요!"

말도 안 된다. 박근태는 차근차근 전조협의 주장을 논파해나갔다. 그렇다면 민주영이 살인을 도모했다는 소린데, 아무리 싫더라도 선생님을 죽일 계획을 짜지는 않았을 것이다. 민주영이 진짜 질이 나쁜 놈이라서 살인을 계획했다면 느긋하게 술이나 마시지는 않았을 것이다. 심지어 죽은 민주영의 혈중알코올농도는 0.2에 가까웠다. 살인을 하기에는 너무 인사불성이었다.

"전조협 선생님, 선생님을 제외한 모두가 김하준을 착한 아이라고 합니다. 제가 간 후에 객관적인 사실들을 침착하게 생각해보세요."

전조협은 받아들일 수 없는지 버럭 소리쳤다.

"웃기지 마! 김하준이 나쁜 놈이 맞다고! 다들 나랑 다른 김하준을 만난 거야, 뭐야!"

박근태는 그 말에 대꾸하지 않았다. 더 대화해봐야 망

상 같은 이야기만 들어야 한다. 전조협이 망상을 너무 확신해서 말한 탓에 자신이 그 말이 거짓이 아니라고 느꼈을지도 모른다. 아무래도 김하준을 만나 직접 느껴봐야 할 것 같았다. 지금의 김하준은 만나지 못하겠지만, 더 과거의 김하준은 만날 수 있을 것이다.

"저는 김하준을 만나보러 가겠습니다."

"안 만나겠다고 했다면서요."

"그 애가 졸업한 중학교에 찾아가보려고요. 뭔가를 아는 사람이 있을지도 모르잖아요."

열혈 교사

 전조협은 담배 소탕 작전을 실행할 날만 기다렸다. 학생부 김경민 선생과 미리 계획까지 짰다. 김경민 선생이 현관이 보이는 방재실에서 대기하다가 민주영 패거리가 운동장으로 나가면 전조협에게 메시지를 보낸다. 그럼 전조협은 건물 북쪽에 있다가 힘껏 뛰어나가 그놈들을 현행범으로 잡는 것이다.

 [하이에나 떴어요.]

 민주영은 학교에서 밀림의 왕 흉내를 내지만, 전조협은 그가 하이에나에 불과하다고 생각했다. 김경민 선생이 그냥 이름을 쓰지 굳이 하이에나라고 해야 하느냐며 의아하게 생각했지만, 전조협은 비밀작전이니까 꼭 그래야 한다고 했다.
 문자를 본 전조협은 당장 교무실 문을 열고 뛰어나갔다. 계단도 두 번 만에 뛰어내린 후 건물 밖으로 향했다. 앞에 화단이 있어 운동장으로 바로 나갈 수 없자 점프해 화단을 훌쩍 뛰어넘었다. 그가 구령대 쪽으로 몸을 돌리는 순간, 민주영과 김태수는 이미 운동장 저편을 걷고 있었다.

"이 새끼들아, 거기 서!"

운동장에서 놀고 있던 아이들의 시선이 모였다. 민주영과 김태수에게서 담배 냄새가 진동했다. 방금 담배를 피운 것이 확실했다.

"이 새끼들이 간덩이가 부었나. 학교에서 담배를 피워?"

전조협의 강한 말투에도 민주영이 거들먹거렸다.

"네? 무슨 소린지 모르겠는데요?"

"너네 방금까지 구령대 앞에 숨어서 담배 피웠잖아!"

그 말에 민주영 옆에 있던 김태수의 얼굴이 붉게 변했다. 그래, 이놈은 하수라 금방 티가 난다. 일단 이놈부터 털자. 전조협은 손가락을 들어 김태수를 가리켰다.

"너, 방금 담배 피운 거 맞지?"

그러자 민주영이 전조협과 김태수 사이로 다급하게 끼어들었다.

"선생님, 자꾸 왜 저희만 괴롭히세요? 그리고 증거도 없으면서 그렇게 의심하시면 곤란하죠."

"증거가 왜 없어? 너네 주머니에 담배 있잖아."

담배 피우는 모습은 못 봤으나, 담배 소지 자체도 선도위원회 징계감이다. 담배 소지죄로 학생부로 데리고 가서 흡연 테스트기를 쓰더라도 당장에 흡연했다는 것을 증명할 수는 없겠지만, 상황은 확실히 유리해진다.

민주영이 손을 내밀어 김태수를 뒤로 물리면서 자기도 한 발 뒤로 물러섰다. 의외로 얼굴에 미소를 짓고 있었다.

"학생인권조례 12조 2항, 교직원은 학생의 동의 없이 소지품 검사를 하여서는 아니 된다. 저는 소지품 검사에 동의하지 않습니다."

이 녀석 봐라? 공부 좀 했군. 하지만 자신에게 유리한 부분만 말하고 있다는 걸 전조협은 바로 알아챘다.

"일부만 말하면 어떡하니. '교직원은 학생과 교직원의 안전 등을 위하여 긴급히 필요한 경우가 아니면'까지 12조 2항 전문을 다 얘기해야지."

"지금이 안전 등을 위협하는 상황은 아니잖아요. 안전을 위협하는 상황은 제가 칼을 가지고 있거나 뭐 그럴 때 아니에요?"

학생들이 주변에서 이 상황을 힐끔힐끔 보고 있었다. 숨어서 동영상을 촬영하는 애도 있다. 학생이 찍은 동영상은 유리한 증거가 된다. 당장이라도 소지품 검사를 해서 담배만 나오면 된다.

그렇게 생각한 전조협은 갑자기 달려나갔다. 민주영이

깜짝 놀랐는지 방어 자세를 취했지만, 이미 전조협이 교복 바지 겉으로 주머니를 훑은 뒤였다. 담배가 있다면 손에 사각형 물체가 걸려야 했다. 하지만 민주영은 주머니에 아무것도 넣고 있지 않았다.

민주영이 미소를 짓는 것 같았다. 전조협은 불안한 기분을 뒤로하고 김태수를 노리려 했다. 그것을 눈치챈 민주영이 전조협의 허리를 잡으며 소리쳤다.

"태수야! 도망가!"

"야! 너 이거 안 놔?"

"소지품 검사 거부한다고 했잖아요!"

김태수가 뒷걸음질하기 시작했다. 전조협은 다급하게 민주영의 바깥다리를 걸어 바닥에 메쳤다. 그 모습을 본 김태수가 뒤돌아 뛰었다. 놓칠까 보냐! 전조협의 심장에서 아드레날린이 솟아났다.

김태수는 얼마 도망가지 못하고 잡혔다. 김태수의 덩치는 전조협과 맞먹을 정도지만, 아드레날린이 충만해진 전조협에게서 벗어날 수는 없었다.

"이 새끼가 도망을 가?"

전조협이 김태수의 멱살을 잡고 들어 올려 주머니를 뒤졌다. 담배야, 나와라!

상하의를 모두 뒤졌는데도 주머니에서 나온 것은 스마트폰뿐이었다. 전조협은 잡고 있던 멱살을 놓고 아예 허벅지부터 종아리까지 훑어 내렸다. 이어서 가슴, 배, 팔도 전부 뒤졌지만, 아무것도 나오지 않았다. 김태수는 오히려 편하게 뒤지라고 팔을 벌린 채 미소를 짓고 있었다. 아이들이 전조협과 김태수 주변에 모여서 웅성거렸다.

뭔가 잘못됐다. 전조협은 다리에 힘이 빠져 바닥에 주저앉았다. 저 멀리 바닥에 누워 있는 민주영과 눈이 마주치자, 이때다 싶었는지 민주영이 크게 소리쳤다.

"아, 허리야……. 전조협 선생님한테 폭행당했어! 누가 교장선생님 좀 불러줘!"

전조협은 그제야 깨달았다. 민주영은 자신과 김태수를 가만히 지켜보고 있다가 갑자기 앓는 소리를 냈다. 분명 민주영이 이 상황을 만든 것이다. 완벽히 당했다.

소란에 다른 선생들이 달려왔다. 망연자실한 전조협은 조용히 교장실로 끌려갔다.

전조협은 교장실 소파에 멍하니 앉아 어디서부터 잘못됐을까 생각했다. 작전은 완벽했는데. 실패 요인은 두 가지. 첫째는 민주영과 김태수를 담배 현행범으로 잡지 못했다는 것이다. 현행범으로 잡았다면 이런 상황은 없었을 것이다. 둘째는 그놈들이 담배를 피운 후 어딘가에 숨겨두지, 직접 가지고 다니지 않는다는 것을 몰랐다는 것이다.

"전 부장, 민주영 학생 아버지 오시면 분명히 사과하세요."

교장의 목소리가 떨렸다.

"지금 오시고 있답니까? 평소에는 연락도 안 받으시더니....... 그 아버지도 참 대단하시네요."

"어허, 이번에는 전조협 부장이 분명히 잘못했어. 자칫하면 잘릴 수도 있다고! 자존심 한 번만 죽이면 되는 거야. 운동장에서 수많은 아이가 전 부장의 행동을 봤다는 걸 잊으면 안 돼."

하지만 전조협은 민주영의 아버지가 일을 크게 만들지 않을 것이라고 생각했다. 그는 돈을 노릴 뿐이니까. 다행이라면 다행인가.

교장실로 들어오는 민주영의 아버지에게서 술 냄새가 났다. 그가 전조협을 보고는 씨익 웃었다.

"또 이 선생님이시네."

교장이 쩔쩔매며 자리를 안내하더니 행정실에서 차를 가져와 민주영 아버지에게 내주었다. 그러고는 어서 사과하라고 눈치를 주었다. 전조협은 모든 게 짜증이 났다.

"민주영이 학교에서 담배를 피웠어요! 그래서 소지품 검사를 하려고 했는데, 저 녀석이 거부하다가 넘어진 것뿐입니다."

"그래요? 주영이 말로는 선생님이 멱살을 잡아 올렸다던데. 그리고 그, 뭐랬더라, 애초에 학교에서는 아이들 소지품 검사를 하지 못한다고 하던데요."

민주영이 미리 전화로 아버지를 교육했을 것이다. 더 말하기도 싫어진 전조협은 교장이 나서서 뭐라고 하려는 찰나에 입을 열어 말을 막았다.

"자, 됐습니다. 알겠습니다. 경찰서 가는 것도 귀찮으니 여기서 합의하시죠."

그 말에 민주영의 아버지가 미소를 지었다.

"뭐, 선생님이 정 원하신다면야."

말문이 막힌 교장은 어안이 벙벙한 얼굴로 둘을 번갈아 보기만 했다.

"얼마를 원하세요?"

"두 번째인데, 지난번보다는 많아야 하지 않겠어요?"

"좋습니다. 그럼 오늘 일은 없었던 겁니다."

"저야 그렇고 싶지만…… 주영이가 사과를 원하던데?"

그 양아치 놈에게 사과를 하다니. 있을 수 없는 일이었다. 전조협은 당장 스마트폰을 꺼내 흔들었다.

"지금 바로 천만 원 쏘죠. 대신 사과는 안 합니다."

"뭐, 당장 입금된다면야 제가 설득을 해야겠죠."

지난번에 벌금을 냈을 때, 전조협은 교장에게 오백을 갚느라 삼천만 원짜리 예금을 해지했었다. 통장에 그때 남은 이천오백만 원이 그대로 있었다. 전조협은 스마트폰 뱅킹 앱을 켜고 이체금액을 입력하는 칸에 10,000,000을 쳤다. 0이 일곱 개였다. 이체 확인 버튼을 누를 때 손이 떨렸지만, 민주영에게만은 절대 사과할 수 없다고 생각했다.

잠시 후, 민주영의 아버지가 들고 있던 스마트폰에서 띠링, 하고 알림음이 울렸다. 동시에 그의 입꼬리가 광대뼈 아래까지 올라가는 것이 보였다.

이건 뭐, 아들로 장사하는 것도 아니고……. 전조협은 빨리 이 상황에서 벗어나고 싶어 교장에게 말했다.

"교장선생님, 끝났습니다. 민주영 학생 불러주시죠."

"그, 그래요."

곧 민주영이 교장실로 들어오자 민주영의 아버지가 민주영에게 일갈했다.

"사과는 없다. 너도 잘못했다며?"

"뭐야, 아빠 마음대로 결정하면 어떡해."

"이백 줄게."

그 말에 민주영이 헛, 하고 웃었다.

"그렇다면 할 수 없지."

저 망할 놈의 집구석. 전조협은 가까스로 분노를 가라앉히고 입을 열었다.

"너, 오늘 아무 일 없었던 거다."

"뭐, 합의했으니까요."

"김태수는?"

"걘 제가 알아서 할게요."

"다른 애들이 동영상 찍는 것 같던데?"

그러자 민주영이 자랑스러운 표정으로 손바닥을 허리에 올렸다.

"애들이요? 제 한마디면 다 끝나죠."

그때, 전조협은 저 악마 같은 놈을 반드시 퇴학시키겠다고 마음먹었다.

시클리드

교실로 들어오는 담임의 얼굴이 평소와 달랐다. 순근은 올 게 왔다고 생각했다. '오늘도 무사히'가 어긋났으니 마음이 편치 않겠지. 그러게 평소에 애들 관리 좀 하지…….

조례를 마치고 순근부터 부를 줄 알았던 담임은 의외로 회장을 먼저 불렀다. 제3자에게 먼저 사실을 확인하겠다는 거겠지.

회장이 담임을 따라 나가자 어김없이 뒤에서 부르는 소리가 들렸다.

"야, 멸치!"

그래, 담배 바치는 것도 오늘까지다. 순근은 담배 한 갑을 꺼내 가져갔다. 백상아리가 곧바로 담배를 낚아챘다.

"만 원은?"

주머니에서 만 원짜리 하나를 꺼낸 순근은 그걸 잡아채려고 날아오는 손을 가볍게 피했다. 백상아리의 손이 허공을 갈랐다.

"멸치 새끼 주제에 피해?"

"별명이 멸치가 뭐야. 이제부터 시클리드라고 불러줘."

백상아리의 눈이 커지더니 뒤에 서 있던 볼 커터를 보

았다. 볼 커터가 눈을 가늘게 뜨며 물었다.

"뭐라고?"

"시클리드. 시클리드도 물고기 이름이야."

"넌 멸치가 어울려, 새끼야."

백상아리가 순근이 들고 있던 돈을 빼앗으며 말했다. 볼 커터도 일어나 순근에게 다가왔다.

"시클리드? 우리랑 비슷한 척하지 마라. 넌 언제까지나 멸치야, 멸치."

하지만 자신이 변했다는 것을 경고해주고 싶었던 순근은 교실 밖으로 나가는 둘의 뒤에 대고 소리쳤다.

"이제 난 시클리드라고! T시클리드!"

그러자 백상아리가 뒤도 돌아보지 않고 가운뎃손가락을 들었다. 교실에 있던 애들만 진기한 광경을 보는 것처럼 순근을 바라보았다.

학교의 일과는 평소처럼 이어졌다. 그런데 시간이 지날수록 교실 분위기가 평소와는 다르게 긴장감이 흐르기 시작했다. 그리고 점심시간이 지나자 어디로 갔는지 볼 커터와 백상아리가 보이지 않았다.

5교시가 끝나자 담임이 교실에 와서 순근을 불렀다.

"나랑 같이 좀 가자."

담임은 교무실이 아닌 교장실로 순근을 데리고 갔다.

순근이 교장실에 들어서자 소파에 아버지, 어머니가 앉아 있었다. 순근은 한숨을 내쉬었다. 전화로 말할 줄 알았는데 학교에 직접 방문하다니. 정말, 일을 키우는 데 뭐가 있는 사람들이었다.

담임과 순근도 소파에 앉았다. 교장 앞에서 쩔쩔매는 담임의 표정이 볼만했다. 담임이 교장과 부모님의 눈치를 보며 순근에게 말을 붙였다.

"사실만 말하면 돼. 이지석, 김철민한테 어떤 폭력을 당한 거니?"

"매일 담배를 사 오라고 하고, 만 원씩 바치라고 했어요. 안 바치면 때렸고요."

"정말 매일 사다 준 거야? 담배를 어떻게 산 거니?"

"맞지 않으려면 어떻게든 사야 했어요. 공원에 있는 노숙자에게 부탁해서 샀어요."

순근의 말에 어머니의 눈에서 눈물이 흘렀다. 노숙자와 찍은 사진이 떠올랐을 것이다.

"또 있니?"

많은 일이 있었지만, 말해도 소용없음을 순근은 알고 있었다. 하지만 '오늘도 무사히' 담임과 부모님에게 조금

이라도 자신의 처지를 어필하고 싶었다.

"교실에서 자고 있었는데 그놈들이 절 깨우지 못하게 해서, 과학탐구실험 시간에 무단 결과가 됐어요. 회장이란 놈은 사실을 말하지도 못하면서 제가 무능하다고 했고, 담임선생님은 규정상 어쩔 수 없다는 소리만 하셨죠. 아버지는 무슨 일이 있었는지 물어보지도 않고 잉여인간, 사회의 암 덩어리라고 절 비난만 했고요. 모두가 저를 외면하고 잘못했다고 하니까 이제 어떻게 살아야 할지 모르겠어요."

담임도 아버지도 얼굴이 붉어졌다. 분위기가 얼어붙자 교장이 기침을 했다.

"으흠, 명백한 학교폭력이군. 가해 학생들은 지금 학생부에서 조사를 받고 있으니, 조사가 끝나면 교육청 학폭위에 넘기겠습니다."

어머니가 몸을 앞으로 당기며 교장에게 물었다.

"그렇다면 그 아이들은 어떤 징계를 받게 되는 거죠? 우리 애랑 계속 같이 학교를 다니나요?"

"어머님, 진정하십시오. 일단 분리를 시킬 겁니다. 하지만…… 교육청의 징계에는 저희가 어떤 관여도 할 수 없어서, 가해 학생들이 어떤 징계를 받을지는 모릅니다."

그때 문 밖에서 다급한 노크 소리가 들렸다. 학생부장이었다. 그는 사색이 된 얼굴로 들어와 순근의 부모님 눈치를 보았다.

"뭐예요? 지금 이야기하는 거 안 보입니까?"

"교장선생님…… 이지석이랑 김철민이…… 도, 도망갔습니다."

다른 사람들이야 놀랐겠지만, 순근은 전혀 놀라지 않았다. 그게 그놈들의 습성이니까. 이제 전쟁의 시작이라고 생각했다. 가만히 있으면 당한다. 선제공격을 해야 한다.

"저, 조퇴하고 싶어요."

국선변호인

박근태는 계속 바빴다. 하루에도 몇 건의 변론을 해야 했고, 피의자를 접견해야 했다. 모든 일이 끝난 저녁, 박근태는 김하준이 다녔다는 제영중학교를 찾았다. 사무장이 김하준의 중학교 1학년 때 담임과 약속을 미리 잡아놨다. 김하준이 김태수와 1학년 때 같은 반이었기도 했고, 2, 3학년 때 담임은 멀리 전근을 갔다고 했다.

학교는 네 시 사십 분이 퇴근 시간이라는데 벌써 여섯 시가 다 되어가고 있었다. 사무장이 롤케이크라도 사서 가라고 해서, 박근태는 다급하게 프랜차이즈 빵집에서 롤케이크를 구입해 약속 장소인 3학년 교무실로 들어갔다.

김하준의 1학년 담임이었던 선생은 중년 여성이었다. 박근태는 명함을 꺼내 선생에게 내밀었다.

"늦어서 죄송합니다. 국선변호인 박근태입니다. 그리고 이건 약소하지만 롤케이크입니다."

"아니에요, 제가 도울 수 있으면 도와야죠. 저는 신미희라고 합니다."

신미희 선생은 롤케이크를 받아 테이블에 올리고는 종이컵에 녹차 두 잔을 타 왔다.

"사무장한테 대략적인 이야기는 들으셨죠?"

"네, 그래서 도움이 될 만한 자료를 좀 준비해봤어요."

그러고는 서류와 앨범 같은 것을 가져왔다.

"저는 1학년 때 하준이 담임이었어요. 2학년, 3학년 때는 담임은 아니었지만, 학년을 따라 올라가서 그 애의 상황은 알고 있었습니다."

"일단 김하준 학생의 얼굴을 좀 볼 수 있을까요?"

신미희 선생이 졸업 앨범을 펼쳐 몇 장 넘기더니 3학년 6반에서 김하준의 사진을 찾아 보여주었다.

"여기요."

김하준은 또래 아이들보다 키도 작고 덩치도 작았다. 그리고 딱 봐도 우울해 보이는 학생이었다. 증명사진 아래로 학생들끼리 모여 찍은 사진이 있었는데, 김하준만 아이들과 어울리지 못하고 억지로 옆에 서 있는 모습이었다.

"3학년 때 하준이네 담임선생님이 열정이 있으신 분이었어요. 하준이를 학교에 나오게 하려고 부단히 노력하셨죠. 그대로 두면 유급이 분명했는데, 선생님의 진심이 통했는지 2학기부터는 하준이가 많이 등교했어요. 덕분에 겨우 졸업할 수 있었죠."

"1학년 때 학폭을 당했다고 하던데요."

"맞아요, 제가 담임일 때였어요."

"무슨 일이 있었는지 여쭤봐도 되겠습니까?"

"'그 사건'의 변호사님이시니, 김태수 아시죠?"

아무래도 신미희 선생은 전조협이 일으킨 사건을 잘 아는 것 같았다.

"이라고 사건에 대해 잘 아시나 봐요?"

"우리 중학교와 이라고는 거리가 멀지만, 해마다 몇 명씩은 이라고에 진학하거든요. 그리고 같은 도시 안에 있는 학교에서 일어난 끔찍한 사건이라 선생님들 사이에서 소문이 더 빠르게 퍼졌죠."

아무래도 선생님이다보니 학교에서 일어난 사건에 민감하게 반응하는 것 같았다.

"먼저 김하준 학폭 사건부터 이야기해주세요."

"김태수가 주 가해자였어요."

박근태가 이라고에서 김태수를 만났을 때, 김태수는 학폭이 별것 아닌 것처럼 말했다.

"담임으로서 정말 괴로웠어요. 김태수는 중1 때 이미 키가 거의 180센티에 가까웠거든요. 덩치도 얼마나 큰지, 남교사들도 쉽게 다룰 수 없었어요."

박근태도 김태수의 덩치를 봐서 알고 있다.

"초등학생 때부터 유명했나 봐요. 물건을 부수고, 친구들을 때리고, 선생님들에게도 욕하고 난리를 쳤대요. 중학교에 들어와서도 마찬가지였어요."

"그런 학생은 학교에서는 어떻게 할 수 없는 건가요?"

"사회에서는 학교가 갑이라고 하지만, 사실은 을이나 마찬가지예요. 지도가 불가능해요. 학생에게 목소리를 높이기만 해도 학대가 됩니다. 김태수도 이 점을 이용해서 자기가 다른 아이들을 괴롭히는 걸 뭐라고 하기만 하면 아동학대라고 경찰에 신고했어요."

신미희 선생의 표정은 그때의 괴로움을 고스란히 보여주고 있었다.

"저런, 교사도 꿈의 직업이 아니네요."

"그건 옛말이에요. 요즘 젊은 선생님들, 엄청나게 사직하고 있어요. 사회에서는 툭하면 교사 연금 이야기를 하는

데, 사실 매월 내는 금액이 국민연금보다 훨씬 많아요. 그마저도 부족하다며 또 줄이고 깎고 개시를 늦추겠죠."

가만두면 한탄이 계속될 것 같아 박근태는 얼른 말을 돌렸다.

"김하준은 김태수에게 괴롭힘을 많이 당했나요?"

"음, 네. 김태수가 김하준을 샌드백으로 정했어요."

김하준이 샌드백이었다는 것은 김태수에게 들었다.

"모든 학생이 김하준을 괴롭혔다는 거네요."

"학교의 짱인 김태수가 정했으니 다른 아이들도 덩달아 괴롭힌 거지요. 김태수가 주범이 맞아요."

하지만 김태수는 그렇게 생각하지 않는 느낌이었다. 뭐, 아무 생각 없이 던진 돌에도 개구리는 죽는 법이니까.

"김태수는 학폭으로 강제 전학을 당했다고 하던데요."

"사건이 일어날 때마다 선도위원회를 열었어요. 큰 범죄를 저지르지 않는 이상 한 번에 강제 전학을 보낼 수는 없거든요. 신규 여자 선생님을 몰래 찍고 그 사진을 질 안 좋은 이미지에 합성해서 돌려봤을 때, 그제야 강제 전학을 보낼 수 있었어요."

"선생님 이야기를 들어보니 학교는 더는 안전한 곳이 아니군요."

"맞아요, 교사에게도, 학생에게도 안전한 곳이 아닙니다. 학교는 괴물이 되었어요."

신미희는 더는 버틸 수 없다는 표정을 지으며 한숨을 내쉬었다. 김태수를 강제 전학 보내면서 이 중학교의 모두가 만세를 불렀을 것이다. 비록 얄궂은 운명 때문에 김하준은 이라고에서 김태수를 다시 만났지만…….

"그런데 김하준과 김태수는 어떻게 다시 이라고에서 만날 수 있었을까요? 학폭 가해자, 피해자였다면 같은 학교에 배정하면 안 되는 것 아닌가요?"

"그 이후로도 김태수는 여러 번 강제 전학을 다녔어요. 처음 강제 전학한 우리 학교의 피해자까지 생각할 수 없었을 겁니다. 그리고 이 도시는 학생이 희망하는 고등학교에 원서를 넣어요. 그래서 하준이가 이 중학교에서 먼 이라고에 일부러 지망한 거고요. 김태수도 이라고를 지망한 건…… 운명의 장난이라고 해야겠죠."

고개를 가로젓는 신미희를 보면서 박근태는 앨범을 다시 펼쳤다.

"앨범에 있는 김하준 학생의 사진을 찍어도 될까요?"

"네, 그런데 변호사님은 하준이를 못 만나셨나요?"

"얼굴도 못 봤습니다. 미성년자에다가 피해자라서요."

"그렇군요. 하준이 얼굴이 공중파에 나오거나 하지는 않는 거죠?"

"그렇습니다."

박근태는 김하준의 사진을 찍었다. 그리고 신미희에게 물었다.

"김태수 사진은 없나요?"

김태수는 강제 전학을 당했기에 졸업사진에는 없다.

"1학년 때 사진이 있어요."

신미희가 서류 더미를 뒤져 사진첩을 하나 꺼냈다.

"이게 제가 담임일 때 찍은 아이들 사진이에요."

꽤 열정적인 교사인지, 신미희는 아이들과 찍은 행사 사진이나 자료 들을 아직도 가지고 있었다.

"여기요."

생활기록부 사진들을 인쇄한 것을 보며 신미희가 손가락으로 아이들 얼굴을 콕콕 찍었다.

"얘가 김태수, 얘가 김하준이에요."

김태수는 조금 앳되긴 했지만 얼마 전 만났을 때의 얼굴이 보였다. 박근태는 두 아이의 사진을 찍었다.

"선생님께서는 이번 이라고 사건에 대해 어떻게 생각하시나요?"

"일어나서는 안 될 일이지만…… 교사들은 대부분 전조협 선생님을 이해할 거라고 생각해요. 뉴스에서는 선생님을 학생을 죽인 악마라고 표현하지만, 민주영은 인근 중학교에서 이미 유명한 애였어요. 그 김태수가 한 수 접고 들어가는 학생이라니, 얼마나 대단하겠어요? 또, 민주영이 먼저 칼로 찔렀다면서요. 그걸 막기 위해 어쩔 수 없이 방어했겠죠."

"이라고 교장선생님이나 다른 선생님들은 그래도 과한 행동이었다는 식으로 이야기하던데요."

"사건 직후라서 그렇겠죠. 살인자를 두둔할 수는 없으니까요. 하지만 솔직히 말해서, 저희 같은 교사들에게는 민주영이나 김태수 같은 학생을 막아줄 사람이 필요해요. 법도, 교장도, 아무도 그 애들을 막아주지 않거든요."

"선생님은 전조협 선생님을 잘 모르시잖아요. 그 선생님도 아이들 사이에서 악명이 높았다고 합니다. 아, 일부러 따지려 드는 건 아니고, 전조협 선생님의 평판을 알아보기 위함입니다."

"예전에 전조협 선생님이 중학교에서 일하셨대요. 그때 같이 근무했던 선생님께 말씀을 들었는데요, 전조협 선생님은 열정이 아주 강한 선생님이라고 했어요. 체육 교사라

학생부장을 많이 했는데, 강하게 아이들을 잡아주어서 좋았다고도 했어요. 전조협 선생님 하나가 학교를 올바르게 만들었다고요. 다른 선생님들과도 사이가 나쁘지 않았고요. 아, 물론 제가 그 선생님이 살인한 걸 두둔하는 건 아니에요."

박근태가 느낀 그대로였다. 그러나 박근태는 '살인'이라는 용어 사용에 대해 먼저 정리하기로 했다.

"살인이 아닐 수도 있습니다."

"아, 제가 표현을 잘못했네요."

신미희 선생은 사람이 죽었으니 그냥 그렇게 표현했을 것이다.

"그나저나 사건이 일어났을 때 거기 있던 학생들이 누군지도 아십니까?"

"네, 민주영, 김태수, 김하준이잖아요."

언론에서도 꽁꽁 숨기는 것을 잘도 알고 있다. 인근 학교 선생님들 입에서 입으로 퍼졌겠지. 그렇다면 편히 물을 수 있다.

"왜 어울리지 않는 김하준이 그 자리에 있었을까요?"

중학교 1학년 때는 김태수가 가해자, 김하준이 피해자였다. 그 둘이 같이 있었다는 걸 신미희 선생은 어떻게 생각할까?

"그러게요, 김태수가 강제로 데리고 갔다고 생각할 수밖에 없네요."

"고등학교 올라가서 둘이 친구가 된 건 아닐까요? 시간이 많이 지났잖아요."

신미희는 곧바로 고개를 가로저었다.

"아니요, 하준이는 1학년 때부터 학폭 트라우마로 학교에 잘 나오지 않았어요. 상담 선생님은 하준이의 트라우마 기폭제가 김태수라고 봤고요. 김태수가 강제 전학을 가서 더 이상 학교에 없을 때도 하준이는 학교에 잘 오지 못했어요. 그러니 김태수와는 절대 친구가 될 수 없어요."

하지만 김태수의 말로는 김하준이 민주영을 통해 그룹에 들어왔다고 했다. 그리고 셋은 꽤 자주 어울려 다녔고 말이다.

"고등학교 때 학교에 나가려고 가해자, 아니, 강한 남자가 되겠다고 결심하지 않았을까요? 그래서 일진에 합류한 거죠."

"아니요!"

신미희는 단호했다.

"하준이는 절대 그럴 수 없어요. 사진을 보셨듯이 그 애는 중3 때도 작고 왜소했어요. 여학생들이 잠깐 목소리를 높여도 그 일에 주눅이 들어 학교에 나오지 않는, 마음을 완전히 닫은 아이였다고요."

그래도 민주영, 김태수, 김하준이 같은 패거리였다는 것은 달라지지 않는다. 박근태의 의심 가득한 얼굴을 봤는지 신미희가 말을 덧붙였다.

"게다가 하준이는 2학년 때 아버지 사업이 망하고 할머니와 살게 된 후로 더더욱 집 밖으로 나오지 않았어요. 학폭 피해자에 부모님과도 같이 살지 못하니 세상을 등지고 싶었을 거예요. 이건 비밀이지만, 한번은 하준이가 칼로 팔에 상처를 내고 창밖을 멍하니 보는 행동까지 해서 우리는 개가 혹시나 나쁜 생각을 할까 봐 엄청나게 노심초사했다고요."

"중학교 3학년 때까지 그랬다는 거죠?"

"맞아요, 그런데 그런 애가 고등학교 들어가서 갑자기 변한다고요? 믿을 수 없어요. 김태수가 억지로 끌고 갔으면 또 모르겠지만요."

전조협은 김하준이 나쁜 놈이라고 한다. 신미희는 자살 위험이 있는 학교폭력 피해자라고 한다. 고등학교 담임은 착한 아이라고 한다. 김하준은 천의 얼굴이라도 가지고 있는 건가? 도대체 누구 말이 맞는 걸까?

……천의 얼굴?

기분 나쁜 생각이 박근태의 머릿속에 피어나기 시작했다. 변호사인 박근태는 평소에 습관처럼 상황을 뒤집어 보곤 했다.

설마…… 천의 얼굴을 뒤집으면…….

열혈 교사

민주영이 거들먹거리면서 현관으로 걸어왔다. 왼팔, 오른팔인 김태수, 김하준은 오늘도 그 양옆에 있었다.

"얀마, 멈춰라."

셋은 동시에 섰다. 알코올 냄새가 풀풀 났다. 이놈들, 어제 늦게까지 즐겁게 마셨나 보지?

"오늘은 담배에 술 냄새까지 나는군."

민주영이 입꼬리를 올리며 양손을 들었다.

"또 주머니 뒤지시려고요?"

도발이다. 하지만 참아야 한다. 섣부른 행동은 참혹한 결과로 돌아올 뿐이다. 전조협은 그 결과가 어떤지 이미 겪었다.

"너 머리 좋아졌다."

"뭐, 악마에게서 절 지키려면 강해져야 하니까요."

나를 악마로 표현하다니! 전조협은 관자놀이에 뭔가 솟아오르는 느낌이 들었다. 참자, 참자. 전조협은 이를 꽉 깨문 채 김태수의 머리에 손가락을 댔다.

"너 염색 안 하냐? 규정 다시 읊어줘?"

"하, 할 거예요."

그때 민주영이 나섰다.

"잠깐만."

그러고는 김하준을 돌아보았다.

"하준아, 이거 교육청에 문의해도 되지? 그때 네가 학생인권조례 말해줬잖아. 신체의 자유인가 뭔가."

김하준과 전조협의 눈이 마주쳤다. 김하준이 난감한 말투로 말했다.

"어? 어…… 제11조 1절, 학생은 복장, 두발 등 용모에 있어서 자신의 개성을 실현할 권리를 가진다."

민주영이 손뼉을 짝, 하고 쳤다.

"그렇지. 그리고 이 빨간 머리는 개성을 실현한 거잖아? 그래, 교육청에 문의해볼 필요도 없네. 지금 당장 교장실에 가서 교장선생님한테 물어보자."

전조협은 이를 악물었다.

"됐다, 그만 들어가."

역시 김하준이다. 김하준이 두뇌 역할을 한 것이다.

그날 오후, 전조협은 김하준을 조용히 학생부실로 불렀다. 의자에 앉아 있는 김하준 뒤로 돌아가 조용히 어깨에 손을 올렸다. 학생들에게 압박감을 주는 전조협만의 방법이었다.

"네가 이중 첩자였구나."

"네?"

"학생인권조례, 네 머리에서 나온 거잖아."

"전 그냥 알려줬을 뿐이에요."

"웃기지 마. 담배 작전도 네 생각이지? 네가 그놈들을 코치한 거야."

"무슨 말씀을 하시는 건지……."

전조협은 차분하게 생각하려 노력했다. 하긴, 그때 두 놈을 현행범으로 잡았다면 그런 문제는 생기지 않았을 것이다. 그리고 이놈은 그 자리에 없었다.

"야, 이 새끼야, 어떡할 거야? 그런 양아치랑 계속 어울려 다닐 거야? 그놈과 같이 다녀봤으니 알 거 아니야? 그놈은 악의 축이야. 이라고의 악의 축!"

"선생님, 진정하세요."

전조협은 흥분을 가라앉히고자 일단 의자를 빼 자리에 앉았다.

"너, 날 도울 생각은 있는 거야?"

그러자 김하준이 손가락으로 테이블을 탁탁 쳤다. 느긋한 모습이었다.

"선생님, 의지가 있긴 하신 거죠? 한 번 패배했다고 포기한 거 아니시죠?"

이전에 실패한 담배 사건을 이야기하는 것이다.

"이 새끼가! 난 그놈을 반드시 퇴학시켜 버릴 거라고!"

"네네, 진정하세요. 저한테 작전이 하나 있어요."

"뭔데?"

"우선 옥상 비번 좀 알려주세요."

옥상으로 나가는 철문에는 번호키가 설치되어 있어, 학생들이 마음대로 옥상을 들락거릴 수 없다.

"옥상 비번? 무슨 소리야?"

"저희 미성년자라 술집에 들어갈 수가 없잖아요. 그래서 공원에서 마시다가 경찰에 걸렸거든요. 물론 훈방됐지만요."

"너, 지금 신성한 학교에서 술을 마시겠다는 거냐?"

"바로 그거예요. 마지막 작전이죠. 저희가 옥상에서 술 마시고 있을 때, 제가 몰래 연락을 드리면 선생님이 달려와 저희를 현행범으로 잡으시면 돼요."

그래, 그런 방법이 있었군. 학교 옥상에서 음주 현행범으로 잡는다면 최소 강제 전학은 보낼 수 있을 것이다. 전조협의 머리가 빠르게 돌아가기 시작했다.

"네가 민주영과 김태수를 옥상으로 유인한다는 거지?"

김하준이 고개를 끄덕였다.

"근데 그럼 그 자리에 저도 있어야 하는데…… 애들이 잡히면 저는 어떻게 되는 거죠?"

"이놈아, 대를 위해서 소는 희생해야지."

이상하다는 듯 자신을 바라보는 김하준과 눈을 맞추며 전조협은 미소를 지었다.

"농담이다. 너한텐 가짜 교내 봉사를 시킬 거야. 봉사하는 척만 하면 돼. 생기부에 기록되는 일은 없을 거다."

그 말에 김하준이 미심쩍은 눈빛을 보냈다.

"두 놈은 확실히 보내버릴 수 있는 거죠?"

학교에서 술판을 벌였다는 것만으로는 부족할 수도 있다는 생각에 전조협이 말을 이었다.

"네가 옆에서 민주영을 좀 부추겨라. 그놈이 나한테 주먹을 휘두르면 확실하게 퇴학시킬 수 있을 거야."

"둘은 술 마시면 폭력성이 강해지니까 무조건 선생님을 공격할 거예요. 근데 선생님, 자신 있으세요? 김태수랑 민주영이 한꺼번에 덤비면 선생님이라도 위험할지 몰라요."

전조협은 책상 서랍에서 오백 원짜리 동전을 가져와 손가락 힘만으로 구부렸다. 휘어버린 동전이 잘그락거리며 테이블로 떨어져 흔들렸다.

"제발 그렇게 되었으면 좋겠다. 둘이 덤비면 한꺼번에 처리할 수 있으니까 더 좋잖아. 그럼 이라고등학교에 평화가 찾아오는 거야."

김하준이 구부러진 동전을 들여다보면서 대답했다.

"저도 기대되네요."

"실행 날짜는? 당장 내일 어때?"

"갑자기 옥상에서 술 먹자고 하면 의심할 거예요. 우연히 옥상 비번을 알았다는 것부터 차근차근 공유해야죠."

맞는 말이다. 서두르면 일을 그르친다. 김하준, 이놈은 침착하다. 이놈이 짠 작전대로 움직이는 것이 옳다. 전조협의 머릿속이 점차 개운해졌다.

"그래, 작전을 잘 짜봐라. 내 번호를 알려줄 테니 디데이에 연락 줘라."

"선생님, 이번 작전은 비밀로 하는 게 제일 중요해요."

"그거야 당연한 거 아니냐?"

"아니, 다른 선생님은 아무도 몰라야 해요. 교장선생님이 아시기라도 하면 절대 못 하게 할 거라고요."

전조협은 요즘 교장이 자신을 노리고 있다는 것을 알고 있었다. 기회를 봐서 학생부장 자리에서 자를 생각인 것 같았다.

민주투사처럼 학교를 위해 민주영을 완전히 보내버리려고 하는데, 겨우 몇 번 실수했다고 날 자르려 해? 그렇게까지 강력한 방법을 원한 게 아니라고? 누군 생돈을 천오백이나 뜯기면서 이러고 있는데?

전조협은 이제 부장 자리고 뭐고 다 필요 없다는 생각이 들었다. 그놈, 민주영만 보내면 되는 거야. 전조협은 김하준의 어깨에 손을 올렸다.

"어서 그날이 오기를 기대하마."

시클리드

아버지는 어머니와 순근을 집에 내려주고 다시 회사로 갔다. 분명 학교에 찾아오는 정도로 문제가 해결되었다고 생각했을 것이다.

아파트 현관 앞에 택배가 와 있었다. 방검복과 전기충격기, 후추 스프레이였다.

"그게 뭐니?"

순근은 어머니가 알면 결국 나중에 이것이 화근이 될 것이라는 느낌이 들었다.

"그냥…… 저한테 필요한 거예요."

"순근아, 엄마도 회사에 가봐야 하는데 혼자 있어도 괜찮겠니?"

"괜찮아요. 용돈 좀 주실 수 있어요?"

그 말에 어머니는 바로 지갑을 열어 오만 원짜리 지폐 두 장을 순근에게 건넸다.

"그 정도면 되지?"

"네, 걱정 말고 가세요."

어머니가 나가자마자 순근은 택배를 뜯었다. 방검복은 방탄조끼처럼 보였다. 주먹으로 두들기자 통통 소리가 났다. 아마 철판 같은 것이 들어 있는 것 같았다.

"무겁네. 싸구려라 그런가."

티셔츠형이 비싸서 조끼형으로 산 건데, 오히려 복부를 맞을 때 더 유용할 것 같았다. '그놈'은 항상 복부를 노리니까 말이다.

이번에는 전기충격기를 꺼냈다. 전원 버튼을 눌러보자 다다다닥 하면서 푸른 불꽃이 일었다. 순근은 전기가 얼마나 강한지 궁금했지만 알 수 없었다.

"시험해볼까?"

문득 무서워졌지만, 싸움을 철저하게 준비해야 한다는 생각이 더 컸다. 실전을 생각하면 맨살이 아니라 옷 위로 해야 한다. 순근은 팔뚝에 충격기를 대고 전원을 켰다. 몸에 경련이 이는 것 같은 충격이 왔다. 마치 뾰족한 것으로 팔을 찌르는 듯한 느낌이었다. 엄청났다. 이 정도라면 싸울 때도 분명히 효과가 있을 것이라는 확신이 들었다. 후추 스프레이도 뿌려볼까 했지만, 유튜브 영상으로 뿌렸을 때 어떻게 되는지 봤기에 생략하기로 했다.

순근은 일부러 헐렁한 트레이닝복을 입었다. 방검복을 입으려면 어쩔 수 없었다. 그러고는 양쪽 주머니에 후추 스프레이와 전기충격기를 넣었다. 첫 번째 타깃은 볼 커터의 따까리, 백상아리다.

두 놈의 집은 이미 미행해서 알아둔 상태였다. 백상아리는 학교 근처 빌라에 산다. 순근은 빌라 입구가 보이는 곳으로 가며 머릿속으로 시뮬레이션을 했다.

"이봐."

순근이 기합을 잔뜩 넣고 혼잣말했다. 목소리가 어그러져 나왔다. 불렀을 때 백상아리가 뒤돌아본다면 후추 스프레이를 눈에 뿌린다. 그럼 백상아리는 눈을 못 뜨며 바닥에 누울 것이다. 그때 전기충격기로 허벅지를 실컷 지져주기만 하면 된다.

즐거운 상상을 하며 순근은 계속 기다렸지만, 백상아리는 밤 열한 시가 되었는데도 오지 않았다. 그제야 이놈들도 학교에서 도망쳤으니 집에 쉬이 들어갈 수 없을 것이라는 데 생각이 미쳤다. 어머니에게서 계속 전화가 왔다. 아무래도 오늘은 날이 아닌 것 같았다. 결국 순근은 집으로 돌아가기로 했다.

집에 가려면 학교를 지나쳐야 했다. 순근이 교문을 지나 노숙자와 자주 갔던 편의점 근처를 걷는데, 공원 쪽에서 소리가 들렸다. 웃음소리와 비명이.

순근은 조용한 발걸음으로 소리가 나는 쪽으로 가보았

다. 볼 커터와 백상아리가 있었다. 그리고 두 놈의 발아래, 노숙자가 쓰러져 있었다.

"시발놈이 꼴랑 담배랑 술 사다주고 돈을 뜯어?"

"이, 이놈들…… 내가 너네 학교에 신고할 거야!"

"신고? 해! 그렇지 않아도 학교에서 멸치 새끼 때문에 열 받았는데 잘 걸렸다, 시발."

볼 커터가 발로 노숙자를 지근지근 밟았다. 술을 마셨는지 헛발질도 했다.

"악! 살려줘!"

"뭘 살려줘? 노숙자 주제에."

"멸치 새끼 대신 죽어라!"

순근은 침을 꼴깍 삼키고는 양손에 후추 스프레이와 전기충격기를 들었다.

"난 이제 멸치가 아니라 시클리드다. T시클리드."

순근은 발소리를 줄이며 그들의 뒤로 갔다. 후추 스프레이는 정확히 눈에 뿌려야 효과가 있기 때문에, 2미터까지는 접근해야 한다.

"볼 커터, 백상아리."

먼저 돌아본 것은 백상아리였다. 순근은 곧바로 후추 스프레이를 분사했다. 누런 액체가 백상아리의 얼굴에 뿌려졌다. 그대로 볼 커터 쪽으로 방향을 돌렸지만, 볼 커터가 팔을 올려 방어하는 바람에 옷 위에만 묻고 말았다. 반대로 스프레이를 정통으로 맞은 백상아리는 바닥에 누워 고통의 비명을 지르며 뒹굴었다. 그 모습을 본 볼 커터가 본능적으로 순근에게서 멀리 떨어졌다.

"뭐야, 멸치 새끼였어? 근데 이게 뭔 냄새야?"

볼 커터는 자신의 옷 냄새를 맡더니 기침을 했다. 곧 겉옷을 벗어 던진 볼 커터가 주먹을 불끈 쥐었다.

"이 새끼가 감히 날 공격해? 그렇잖아도 죽여버리려고 했는데. 너 잘 만났다."

그러고는 빠르게 달려들었다. 순근은 무시무시한 이빨을 드러낸 볼 커터가 무서웠다. 소주라도 한 모금 마시고 올 걸 그랬다는 생각이 들었다. 얼른 다시 후추 스프레이를 뿌리려고 했지만, 그새 다 썼는지 나오지 않았다. 순간, 눈앞에 별이 번쩍했다. 순근은 고통을 참지 못하고 쓰러지고 말았다.

"아, 이 새끼 도대체 뭐야? 갑자기 간덩이가 부었나? 우릴 학교에 신고하질 않나, 공격하질 않나."

정신이 없는 와중에도 순근은 어떻게든 공격을 이어가려 했다. 그런데 왼손에 쥐고 있었던 전기충격기마저 어느새 사라지고 없었다. 얼굴을 맞은 충격에 놓친 것이다.

"개새끼가!"

그사이 수돗가에서 얼굴을 씻고 온 백상아리가 달려와 발로 순근의 옆구리를 찼다. 다행히 방검복을 입어 조금이나마 충격이 덜했다. 순근은 옆구리를 계속 맞으며 옆으로 굴렀다. 그때 허리에 뭔가가 걸렸다. 전기충격기였다. 날아오는 백상아리의 발을 한 손으로 감아 잡은 순근이 재빨리 전기충격기를 가져다 댔다.

"으악!"

순근은 비명을 지르며 쓰러진 백상아리의 목에 또 전기충격기를 대고 지졌다. 꿈틀거리던 백상아리는 기절했는지 곧 움직임이 멈췄다.

"뭐야? 전기충격기까지 있어?"

일어선 순근이 볼 커터를 향해 전기충격기를 들었다.

"그래, 이 새끼야. 천하의 볼 커터가 웬 말이 이렇게 많아? 어서 덤벼."

"병신 새끼. 아무리 전기충격기가 있다고 해도 내가 멸치 놈한테 질 것 같냐?"

그 말을 들은 순근은 전기충격기를 허공으로 치켜들고 전원 버튼을 눌렀다. 다다다닥 소리가 나며 푸른 불꽃이 튀었다. 그것을 본 볼 커터가 한 발 뒤로 물러섰다.

"흐흐, 무섭냐?"

울컥한 볼 커터가 자세를 잡고 슬슬 다가왔다. 순근도 전기충격기 전원을 다시 눌렀다. 아무리 살인 물고기라도 전기를 이길 수는 없다.

"으으윽……."

그때, 백상아리가 벌써 깨어났는지 신음을 내며 움직였다. 그 소리에 시선을 잠깐 돌린 찰나, 볼 커터가 빠르게 다가와 손을 발로 차는 바람에 순근은 전기충격기를 다시 놓치고 말았다. 볼 커터의 주먹이 복부로 날아왔다.

텅!

"……뭐야?"

이번에도 방검복이 충격을 막았다. 이상함을 느낀 볼 커터는 발을 걸어 순근을 넘어뜨리고는 욕설과 함께 또다시 발을 날렸다.

"죽어, 개새끼야!"

순근은 곧바로 웅크렸지만 어깨와 허벅지에 큰 충격이 전해졌다. 조금이라도 피해 보려고 몸을 이리 굴리고 저리 굴리다 계속되는 구타에 결국 힘이 빠져버리고 말았다.

'졌다.'

"시발놈, 죽여버리겠어!"

볼 커터가 도움닫기를 하려는지 뒤로 물러섰다. 순근은 막을 힘조차 없어 가만히 눈을 감았다.

그 순간, 볼 커터의 비명이 들렸다.

"으악!"

"하준아! 어서 일어나!"

눈을 뜨자 노숙자의 얼굴이 보였다. 노숙자가 떨어져 있던 전기충격기를 들고 볼 커터를 공격한 것이다. 순근이 노숙자의 부축을 받으며 겨우 일어나는데, 정신을 차린 볼 커터가 노숙자에게 달려들었다.

"이 노숙자 새끼가!"

볼 커터의 손에는 칼이 들려 있었다.

다음 순간, 바닥으로 무너진 노숙자의 가슴에 박힌 칼이 보였다. 볼 커터도 놀란 듯 볼이 파르르 떨렸다.

"그, 그러니까 누가 덤비래?"

멀리서 제복을 입은 경찰들이 달려왔다. 누군가가 소란스럽다고 신고를 한 것 같았다. 볼 커터는 재빠르게 도망쳤지만 얼마 가지 못하고 잡혔다. 경찰은 발광하는 볼 커터를 제압하고 수갑을 채웠다.

겨우 정신을 차린 순근은 노숙자에게 다가갔다. 숨 쉬

는 속도가 이상할 정도로 빨랐다.

"아저씨, 괜찮아요?!"

"아, 아들아……."

노숙자의 입술이 부르르 떨렸다. 순근의 눈에서 눈물이 솟아났다.

"아저씨!"

"아들아…… 내, 내가 미안하다. 이제 두려워 말고 하, 학교에 가라……."

"……아버지! 갈게요. 꼭 갈게요!"

힘없이 감긴 노숙자의 눈에서 차가운 눈물이 주르륵 흘러내렸다.

국선변호인

김하준이 다녔던 중학교에 간 다음 날 오전, 박근태는 시간을 내서 이라고등학교로 갔다. 머릿속에 떠오른 이상한 가능성을 확인하기 위함이었다.

모두 김하준을 다르게 이야기한다. 처음에는 김하준이 지킬 박사와 하이드처럼 다중인격자일지도 모른다고 생각했다. 그런데 뒤집어 생각해보니, 사람들이 본 김하준이 각각 다른 인물일 수도 있다는 결론이 나왔다.

이라고에 도착한 박근태는 곧바로 김하준의 담임 박수현을 찾아갔다.

"변호사님, 하준이를 만나셨나요?"

"아니요, 피해자고 미성년자라서 경찰에서도 만나게 해주지 않네요. 학교에서도 연락이 안 닿죠?"

박수현이 고개를 끄덕였다.

"그럼 무슨 특별한 일이 있었나요?"

"아니요, 선생님께 물어볼 것이 있어서요."

박근태는 어제 찍은 김하준의 사진을 박수현에게 보여주었다. 중학교 1학년 때 사진이었다.

"선생님, 이 학생이 누군지 아세요?"

박수현은 고개를 가로저었다. 박근태는 중학교 3학년때 사진도 보여주었다. 4개월 전 사진이니 최근과 많이 달라지지는 않았을 것이다.

"이 학생은 누군지 아시겠어요?"

박수현은 여전히 고개를 갸웃거렸다.

"누구예요?"

김하준을 몰라보다니, 박근태의 머릿속에 피어났던 이상한 생각이 점차 맞아들어 가고 있었다.

"김하준이에요."

"네? 얜 하준이가 아니에요."

"선생님이 잘못 보신 게 아니고요?"

박수현은 자신의 옆자리에 앉아 있던 여선생을 불렀다.

"미진 쌤, 이리 좀 와보세요. 변호사님이 이 아이가 김하준이래요."

미진이라고 불린 선생이 다가와 박근태의 스마트폰을 들여다보았다.

"아닌데요. 김하준 아니에요."

박수현이 아이들끼리 찍은 사진을 가리키며 말을 덧붙였다.

"이 학생은 키가 작고 덩치도 왜소하잖아요. 하준이는 키도 그 애보다 훨씬 크고 체격도 탄탄해요."

박근태의 생각대로, 이라고를 다닌 김하준은 진짜 김하준이 아니었다.

"선생님, 입학식에 김하준이 왔었다고 하셨는데 그때의 김하준은 기억나시나요?"

박수현은 하얗게 변한 얼굴을 가로저었다.

"몰라요. 학기 첫날은 입학식 후 바로 하교했거든요. 하준이는 그다음 날부터 학교에 나오지 않았고요. 아니, 정확히는 전혀 인식하지 못했어요."

그렇다면 진짜 김하준 대신 학교에 다닌 김하준은 대체 누구인가?

"어떻게 학생이 바뀌었다는 걸 학교의 누구도 모를 수 있는 거죠?"

"입학생이 320명이나 되는데 어떻게 하루만에 전부 기억하겠어요……."

"변호사님, 이건 김하준이 중학생 때 찍은 사진들을 촬영하신 거죠?"

"네, 중학교 졸업 앨범에 실린 걸 찍은 거예요."

그 말에 박수현과 미진 선생이 서로 팔짱을 꼈다.

"그럼…… 며칠 전까지 우리 학교에 다닌 김하준은 누구예요……?"

"죄송하지만, 그게 제가 선생님들께 묻고 싶은 겁니다."

박근태의 말을 들은 두 교사는 소름이 돋았는지 몸을 부르르 떨었다.

"어서 경찰에 신고하는 것이 좋겠습니다. 아니지, 제가 지금 가서 말하는 게 빠를 것 같네요."

열혈 교사

전조협은 몇몇 남교사들과 술을 마시고 있었다. 소주와 맥주를 섞어서 몇 잔을 마셨던가. 세상이 점점 흔들렸다. 그리고 역시 최고의 안주는 학생 욕이었다.

"전조협 선생님께서 학생부장을 하시지 않았다면 그놈이 얼마나 날뛰었을지…… 생각만 해도 소름이 돋네요."

그렇게 말한 김경민 선생이 소매를 걷고 팔뚝을 들어 보였다. 물론 소름은 없었다. 그것이 비유라는 것을 전조협도 모르지는 않았다. 전조협은 웃으며 소주를 맥주잔에 반쯤 따르고는 한 번에 마셔버렸다.

"어어, 부장님, 이미 많이 드셨어요."

"민주영 이 개새끼. 내가 그 새끼 반드시 죽여버릴 거야!"

"부, 부장님, 죽여버릴 것까지는……."

김경민의 옆자리에 앉아 있던, 나이가 제일 많은 이영호 선생이 소주병을 들어 전조협의 잔에 따르며 대꾸했다.

"김경민 선생, 진짜 죽인다는 말이 아니잖아."

"뭐, 그거야 그렇지만……."

"김경민 선생은 그놈 때문에 고통받은 사람이 얼마나

많은지 모르지?"

이영호는 김경민의 잔에도 소주를 따르더니 제 잔을 들어 앞으로 내밀었다. 셋은 잔을 부딪치고 빠르게 소주를 마셨다. 소주가 쓴지 김경민이 인상을 찌푸리며 말했다.

"민주영의 소문은 익히 들었습니다."

"그놈은 선생을 칼로 찌른 악마, 악의 축이야. 정말로 사람을 죽이려고 했어! 그리고 그놈 때문에 사직한 선생, 전학 간 학생이 수없이 많지. 자살한 학생이 있을지도 모르는 수준이라고."

"그렇군요. 악의 축······."

전조협이 이를 뿌드득 갈고는 입을 열었다.

"그놈이 학교에 있는 한, 정말 누구 하나 죽을지도 몰라요."

"그러니 전조협 부장의 어깨가 무거운 거야."

김경민이 옆에서 거들었다.

"부장님, 조심하세요. 자칫하면 또 당하실 수 있어요."

전조협은 소주를 물 마시듯 벌컥벌컥 마셨다.

"만약 내가 학교에서 잘리면, 그 새끼는 진짜 죽는 거야. 지금은 교사니까 많이 참고 있는 거라고."

말을 마친 전조협이 무심코 스마트폰으로 시선을 내리

자, 메시지가 왔다는 알림이 떠 있었다. 순간, 이상하게도 중요한 메시지라는 느낌이 들었다. 전조협은 곧바로 메시지를 확인했다.

[아홉 시에 보름달이 떴습니다.]

김하준이 보낸 암호였다. 아홉 시에 옥상에서 술을 마시기 시작했다는 의미다. 급히 시간을 보니 이제 막 열 시를 지나고 있었다. 다급해진 전조협이 자리에서 벌떡 일어났다.
"오늘은 여기까지 하시죠."
이영호 선생이 잔에 남은 술을 털어 마시고는 너스레를 떨었다.
"오늘 죽도록 마시자며?"
"급히 가봐야 할 일이 생겼습니다. 김경민 선생이랑 드세요."
전조협은 계산도 하지 않고 술집을 뛰쳐나와 학교를 향해 빠르게 걸었다.
'침착하자. 침착하게 생각하자.'
하지만 계속 온갖 가설이 전조협의 머릿속을 휘저었다.

저 멀리 학교가 보였다. 아무런 계획도 세우지 못했는데 결전지에 다다른 것이다.

전조협은 우선 학생부실에 들어가 가방을 두고 냉장고에서 생수병을 하나 꺼내 벌컥벌컥 마셨다. 그러고는 거울을 보며 섀도복싱을 했다. 정신이 조금 들었지만, 여전히 술기운이 남아 있어 어찔어찔했다.

"오늘 반드시 퇴학시켜 버리겠어."

옥상으로 가는 계단을 올라 철문 앞에 선 전조협은 천천히 심호흡을 했다.

"아, 녹음!"

얼른 스마트워치의 녹음 기능을 켠 전조협이 도어록 비밀번호를 누르고 벌컥 문을 열었다. 바닥에 앉아서 술을 마시던 학생 셋이 전조협을 돌아보았다.

"짜잔! 악역 등장했다, 이 개새끼들아."

민주영의 얼굴과 눈이 빨갛게 달아올라 있었다. 주위를 둘러보니 양주병이 몇 병 굴러다녔다.

'개새끼들, 비싼 술 처먹네.'

"뭐야? 이라고 학살자네. 이거 꿈인가?"

민주영은 완전히 취해 있었다. 옆에서 김하준이 민주영의 어깨를 흔들었다.

"형, 정신 차려."

이라고 학살자는 학생들이 부르는 전조협의 별명이다. 학살자라니. 전조협은 자신과 꽤 어울리는 별명이라고 생각했다. 사실 민주영을 잡기 직전이라 무슨 소리를 들어도 기분이 좋았을 것이다.

"너희를 음주 현행범으로 체포한다!"

그 말에 민주영과 김태수가 일어섰지만, 제대로 서 있지 못하고 비틀거렸다. 물론 전조협의 눈에도 모든 것이 흔들려 보였지만 말이다. 그때, 김하준이 뭐라고 말하자 갑자기 민주영이 주먹을 내밀었다.

"그래, 저 시발놈한테 확실히 보여주겠어. 누가 이라고 짱인지 보여주겠다고!"

옆에서 김태수가 바닥에 가래침을 탁 뱉었다.

"선생이라는 게 학생 괴롭히는 데 재미 들렸냐? 너 오늘 뒤질 줄 알아."

"이 쌍놈의 새끼들! 말하는 것 봐라?"

전조협이 겉옷을 벗어 던지자 김하준이 달려와 앞을 막아섰다. 그러고는 전조협을 말리는 척 전조협의 귀에 대고 속삭였다.

"선생님, 지금 많이 취하셨어요. 오늘은 물러나세요. 선생님한테도 좋을 것이 없겠어요."

 물러나라니? 프락치 놈이 뭘 안다고!

 전조협은 김하준의 팔을 잡고 밀쳤다. 그 바람에 쌓아 놓은 박스 더미에 부딪힌 김하준은 박스와 함께 무너졌다.

 "이 새끼가 돌았나. 난 오늘만 기다렸다고!"

 펑!

 머리가 어지러웠다. 술이 갑자기 오르는 것 같았다. 전조협은 자신도 모르게 바닥에 주저앉았다. 돌아보니 깨진 병을 손에 든 민주영이 서 있었다. 전조협은 악마를 물리치겠다는 일념으로 자리에서 일어났다. 다리가 흔들리고, 뒤통수가 지끈거렸다. 술에 취해서 이러는 건지 병에 맞아서 이러는 건지, 더는 판단할 수 없었다.

 "이 미친 새끼가. 병으로 사람 머리를 내리쳐?"

 "닥쳐, 학살자 새끼야! 너 오늘 내가 진짜 죽인다."

 가드를 올린 전조협은 민주영에게 다가가 얼굴에 잽을 던졌다. 병이 날아올까 긴장했는데, 민주영은 순식간에 쓰러졌다.

 "한 방 거리도 안 되는 새끼였네."

 "씨발, 선생이라고 안 봐줘! 내가 저 새끼 죽이고 소년원 한 번 더 간다!"

민주영은 고래고래 소리를 지르면서도 술에 취해서인지 쉬이 일어나지 못했다. 전조협이 달려가 누워 있는 민주영의 배를 힘껏 밟자 민주영이 괴상한 비명을 질렀다.

"누워서 지랄하지 말고 덤벼봐, 이 새끼야!"

그때, 옆구리에서 강한 충격이 느껴졌다.

"ㅎㅎㅎ, 이거 효과 좋네, 곰도 쓰러뜨리고."

김태수였다. 김태수의 손에 전기충격기가 들려 있었다. 전조협은 아픔을 참으며 발로 김태수의 발목을 찼다. 그 힘에 김태수가 전조협 위로 엎어졌다.

"미친놈이 전기충격기를 써?"

전조협은 누운 상태로 김태수의 얼굴에 주먹을 먹였다. 강력한 한 방에 김태수가 바닥으로 눕자, 그 틈을 타 전조협이 김태수 위로 올라앉았다. 얼굴을 맞은 충격에 김태수는 전기충격기를 놓치고 말았다.

"똘마니 새끼 주제에 어디서 덤벼?"

무차별 파운딩에 김태수의 얼굴에서 피가 튀었다. 그런데 갑자기 전조협의 주먹에서 힘이 빠졌다. 오른팔을 들 수 없었다.

"죽어라, 이 씨발놈아!"

어느새 민주영이 옆에 서 있었다. 통증이 올라오는 곳

을 보니 오른팔에 칼이 꽂혀 있었다. 중학생 때도 담임을 찔렀다더니, 아직도 그 버릇을 남 주지 못한 것 같았다.

"역시 넌 악의 축이야!"

전조협이 일어나자 그 기세에 민주영이 놀라 뒷걸음질 했다. 전조협은 바닥에 놓인 양주병을 들어 안에 든 술을 벌컥벌컥 마셨다. 높은 도수의 술이 식도를 타고 내려가자 속이 시원해졌다. 소독할 요량으로 남은 양주를 칼이 꽂힌 곳에 부은 전조협이 왼손으로 칼을 뽑아냈다. 술에 취한 탓인지 전혀 아프지 않았다.

"감히 날 죽이려고 해? 너도 칼맛 좀 볼 줄 알아라!"

"도망가!"

옆에서 김하준이 소리쳤다. 그 말을 들은 민주영이 슬금슬금 뒤로 물러섰다. 전조협은 즐기듯 천천히, 천천히 민주영을 향해 다가 갔다. 민주영은 옥상 난간에 부딪히고 나서야 멈췄다.

"아, 그래, 칼에 찔려 죽는 것보다 뛰어내리는 게 낫겠다. 내 손을 더럽히고 싶지 않거든."

"씨발, 선생이 학생을 죽이려고 해?"

"말은 똑바로 해야지. 넌 칼로 날 찔렀어. 학생이 먼저 선생을 죽이려고 한 거라고."

그때 뒤에서 고함이 들렸다.

"선생님! 그만하세요. 그거면 충분해요."

김하준이었다. 전조협은 칼로 김하준을 가리키며 소리쳤다.

"넌 입 닥치고 가만히 있어. 움직이면 너도 죽는다."

"선생님은 미쳤어요. 제발 이제 멈추세요!"

"닥치라고 했다."

그러자 갑자기 김하준이 두 팔을 뻗으며 달려들었다. 전조협은 본능적으로 손에 든 칼을 앞으로 내밀었다. 칼이 김하준의 배에 박혔다. 김하준은 비명을 지르며 쓰러졌다. 그런데 이상했다. 전조협은 사람을 찔러본 적이 없지만, 고기는 썰어봤다. 그땐 이런 느낌이 아니었다.

쓰러진 김하준을 멍하니 보고 있던 전조협은 순간 섬뜩한 기분이 들었다.

아차, 민주영.

뒤돌아보자 어느새 민주영이 벽돌을 들고 달려오고 있었다. 전조협은 다시 칼을 든 왼손을 뻗었다.

푹—.

그래, 이 느낌이다. 고기를 자르는 느낌.

전조협이 칼을 뽑자 민주영의 가슴에서 피가 솟아올랐

다. 민주영은 그대로 바닥으로 무너졌다.

"내가 이겼다! 악의 축을 물리쳤다고!"

왕을 물리쳐서인지 급속하게 어지러워진 전조협은 더 이상 서 있을 수 없어 바닥에 대자로 누웠다. 술에 취했고, 양주병으로 머리를 맞았으며, 전기충격기에도 당하고 칼에 팔을 찔리기까지 했다. 하지만 결국 이겼다.

그때, 옆에서 목소리가 들렸다.

"드디어 끝났네."

김하준이 민주영과 김태수를 흔들며 살아 있는지 확인하고 있었다.

"민주영은 숨이 멈춘 것 같고, 김태수는 기절만 한 것 같아요."

저놈도 칼을 맞지 않았던가? 뭔 힘이 있어서 돌아다니는 거지?

김하준이 쓰러져 있는 전조협에게 천천히 다가왔다. 그러고는 전조협이 차고 있는 스마트워치를 들여다보더니 정지 버튼을 눌렀다.

"선생님, 녹음하신 거 삭제하는 게 좋을 것 같은데요. 이거 퍼지면 선생님한테 불리할 것 같아요."

"배, 배신이냐?"

"아직도 첩자 놀이하고 계시네. 전 선생님이 시키는 대로 했어요. 술 마실 때 바로 연락했잖아요."

틀렸다. 분명 작전은 김하준이 짰다. 갑자기 김하준의 얼굴에 이질감이 들었다.

"너…… 누구야?"

"누구긴요, 김하준이지."

눈이 자꾸 감겼다. 김하준이 두 명으로 보였다.

"누구……야……."

"하준아, 잘 봤지? 머리를 쓰면 우리가 이길 수 있다니까."

전조협의 귓가에 김하준의 목소리가 어른거렸다. 뭐야, 도대체 누구한테 말하는 거지?

"어쩔래? 여기서 김태수를 죽여버릴래? 어차피 다들 이 선생이 죽인 줄 알 거야."

"나, 난 못 해."

분명히 다른 목소리가 들렸다.

"좋아, 네 트라우마는 이제 치료됐을 거야. 우리 학교로 전학 가면 T시클리드로 다시 태어나는 거야. 알겠지?"

"알겠어."

전조협은 간신히 눈을 떴다. 흐린 시야에 남학생 두 명이 보였다. 정신이 아득해져 당장이라도 기절할 것 같았다. 전조협은 겨우 힘을 짜내 입을 열었다.

"너희…… 누구야……?"

"형, 이 선생님 아직 안 기절했어!"

그러자 덩치가 더 큰 놈이 다가왔다.

"선생님은 그냥 재수가 없었다고 생각하세요."

목에 강한 충격이 느껴졌다. 전조협은 결국 기절하고 말았다.

시클리드

순근은 노숙자의 장례식장에서 그의 아들 김하준을 만났다. 학교폭력 때문에 집에만 있다고 하더니, 장례식장에서도 무릎을 감싸고 구석에 앉아 있을 뿐이었다. 딱 봐도 당하기만 하는 NT 시클리드였다. 당장이라도 귀싸대기를 때리고 T 시클리드로 변신하라고 소리치고 싶었지만, 자신의 변신도 우연히 찾아왔기에 김하준을 찬찬히 변신시켜보기로 마음먹었다.

"김하준?"

김하준이 불안한 눈빛으로 순근을 보았다.

"……누구세요?"

"아저씨 친구야."

김하준은 이상한 소리를 하는 순근을 의심스럽게 쳐다보다가 더 대꾸하고 싶지 않은지 고개를 다시 무릎 사이로 넣었다.

"야, 아저씨가 널 엄청 걱정했어. 힘을 내야 할 것 아니야."

"저리 가세요."

한숨을 내쉰 순근이 몸을 돌렸다.

순근은 노숙자에게 은혜를 갚고 싶었다. 그가 아니었다면 볼 커터와 백상아리에게 먹혀버렸을 테니까. 그리고 그는 마지막에 아들에게 학교에 가라고 했다.

은혜를 갚을 방법이 김하준을 밖으로 나오게 하는 것밖에 없다고 생각한 순근은 장례식이 끝난 후에도 매일 하준을 찾아갔다.

"이 새끼야, 네가 학교를 안 가면 하늘에 있는 아버지가 속상해하신다고!"

"형도 학교 안 가잖아!"

"난……."

순근은 휴학을 했다. 볼 커터와 백상아리가 사라졌지만, 학교에 가고 싶지 않았다. 부모님은 공원에서의 사건 때문에 충격을 받아서 그런 줄 알았는지 휴학을 허락했다.

하준은 김태수에 대한 강한 트라우마를 가지고 있었다. 학교에는 간간이 나가며 유급만 겨우 면하고 있었다. 학교에서도 졸업은 시키고 싶은지 학업 중단 숙려제, 체험학습, 병원 학교 등등으로 배려해주고 있었다. 하지만 순근이 생각하기에는, 그건 배려가 아니었다.

"제발 날 좀 놔둬."

"나랑 같이 김태수를 혼내주면 되잖아! T 시클리드가

되라고! 학교도 가!"

"싫어! 날 방치한 아빠도 싫고 김태수도 싫어! 학교도 안 갈 거야!"

"며칠만 더 가면 졸업이야. 중학교는 의무교육이라서 안 간다고 해결되지 않아. 너 졸업시키려고 학교에서 사람도 계속 올 거라고."

하준은 순근의 계속되는 설득에 마지못해 학교에 나갔다. 그리고 자신도 학폭 피해자였다는 순근의 말을 듣고 점점 마음을 열어, 무사히 중학교를 졸업할 수 있었다.

하준은 조금 먼 학교인 이라고등학교에 입학원서를 냈다. 순근이 널 아무도 모르는 곳에서 다시 시작하자고 했기 때문이었다. 트라우마도 많이 없어져, 스스로 밖에 나갈 수 있을 정도로 회복되었다. 모든 것이 잘 끝났다고 생각한 순근은 학교에 복학할 준비를 했다.

하지만 임시 소집일, 이라고에 갔다 온 하준은 다시 집 안에 틀어박혔다. 하루아침에 전으로 돌아가버린 것이다.

"대체 왜 또 이래?"

"형, 김태수가 있어. 이라고에 김태수가 있다고."

"……확실해? 이라고는 여기서 꽤 먼데 김태수가 왜 그 학교를 다녀?"

"반에 들어가려고 줄 서 있는데, 뒤에서 크게 떠드는 소리가 났어. 누군가 싶어서 뒤돌아보니 김태수였어. 내가 그 얼굴을 어떻게 잊을 수 있겠어……."

하준은 두려움에 손을 벌벌 떨었다.

순근은 다시 하준을 설득하기 시작했다. 하지만 괜찮을 거다, 내가 이라고로 전학 가겠다고 해도 하준은 싫다고만 했다. 트라우마가 완전히 다시 도졌는지 한 달이 지나도 방에서 나오지조차 않았다.

"계속 찾아오면 자살해버릴 거야!"

하준이 죽으면 하늘에서 보고 있는 노숙자 아저씨가 싫어할 텐데……. 순근은 하준의 트라우마를 없앨 방법을 고민했다. 답은 단 하나, 김태수가 사라져야 한다.

"하준아, 김태수가 널 봤어?"

"몰라. 눈이 마주치긴 했는데 날 몰라보는 것 같았어."

김태수는 중학교 1학년 때 강제 전학을 갔다고 했다. 오랜 시간이 지났으니 몰라볼 것이다. 아니, 가해자들은 피해자를 절대 기억하지 않는다. 그렇다면 방법이 있다.

"좋아, 내가 너 대신 학교에 가서, 김태수를 죽여줄게."

하준이 불안에 떨면서 입을 열었다.

"진짜 죽여줄 수 있어?"

"나만 믿어. 난 T시클리드라고."

"그런데 어떻게 나 대신 학교에 가? 들키면 어쩌려고?"

"넌 소집일에만 잠깐 나갔잖아. 널 기억하고 있을 사람은 없어. 김태수도 오랜만에 봐서 널 못 알아본 거야. 그리고 이라고에 너랑 같은 중학교 출신 없다며."

"두 명 있을 거야."

그 둘이 학교를 띄엄띄엄 나온 아웃사이더인 하준을 알고 있을 확률은 제로에 가깝다. 그리고 순근은 굳이 하준의 기를 꺾을 필요는 없다고 생각했다.

"김하준이라는 이름이 좀 흔해? 난 너랑 외모가 다르니까 다른 김하준이겠거니 할 거야. 그러니 걱정하지 마."

순근은 만반의 준비를 했다. 집이 멀어 등교하는 데 거의 한 시간 반이나 걸렸지만, 아저씨에게 은혜를 갚을 수만 있다면 그 정도는 감수할 수 있었다.

"내가 너 대신 학교에 나가더라도, 할머니를 속여야 하니까 너도 아침에 교복 입고 집에서 나와야 해."

"걱정 마. 할머니는 새벽에 나가서 밤늦게 돌아오거든."

"좋아, 그래도 혹시 모르니까 할머니 핸드폰에서 담임이랑 학교 번호 전부 차단해놔."

"알았어. 괜찮겠지……? 담임선생님이 진짜 모를까?"

"학교는 학생한테 관심 없어. 확실해. 경험해봤거든."

그렇게 순근은 하준 대신 이라고등학교 교복을 입고 이라고에 갔다. 다니던 학교에 복학한 것은 학업 중단 숙려제를 써서 해결했다. 개학 후 한 달이 지나고 나서야 처음으로 등교한 순근을 담임이 반갑게 맞이해주었다.

"하준이 왔니? 잘 왔어."

거봐. 역시 학교는 부족한 학생에겐 관심이 없다.

"네, 이제부터는 열심히 다닐게요."

"그래, 잘 생각했다. 어려운 일 있으면 선생님한테 꼭 말해줘."

순근은 김태수부터 찾았다. 김태수는 민주영이라는 더 망나니의 따까리가 되어 있었다. 민주영은 선생을 칼로 찔러 소년원에 갔다 왔다고 했다. 그런 놈과 김태수가 만났으니……. 순근은 이라고 애들이 불쌍해졌다.

하지만 의외로 민주영과 김태수는 아이들을 괴롭힐 겨를이 없었다. 더 강한 괴물이 있기 때문이었다. 학생부장 전조협. 전조협은 민주영과 앙숙이었다. 둘은 만나기만 하면 서로를 물고 뜯고 괴롭혔다.

'그래, 저 둘을 잘 이용하면 김태수를 죽일 수 있겠다.'

T시클리드가 되어서 그런지, 순근은 매일이 즐거웠다.

놈들을 혼내줄 생각만 해도 뇌에서 도파민이 솟아올랐다. 순근은 그들을 관찰하며 몰래 따라다녔다. 그러다 민주영이 교내 봉사를 하게 되었다는 이야기를 듣고 그 틈으로 바로 파고들었다. 순근은 분리수거장 옆에 놓인 리어카를 끌고 얼른 민주영에게 갔다.

"선생님, 이거 쓰시면 되잖아요."

다행히 민주영은 자신을 도와준 순근을 경계심 없이 받아들였다. 문제는 김태수였다. 삼 년 만에 만나는 거라 그럴 가능성은 적었지만, 혹시라도 하준의 얼굴을 기억하고 있다면 곤란했다.

"……네가 그 김하준이야? 키 많이 컸네."

병신. 사람 얼굴도 못 알아보냐?

김태수는 떨떠름한 얼굴을 했지만 민주영이 순근을 받아들이자 더 어쩌지는 못했다.

"아, 저 학살자 새끼 어떻게 처리 못 하나."

"형, 내가 생각해둔 작전이 하나 있는데 들어볼래?"

순근은 민주영에게 자신이 짠 담배 작전을 속삭였.

며칠 후, 별관에서 달려 나오는 전조협을 본 순근은 가지고 있던 거울로 빛을 반사시켜 구령대 아래에 있던 민주영과 김태수에게 신호를 주었다. 둘은 순근의 말대로 움직였다. 그리고 작전은 성공했다.

"와, 이게 되네. 너 진짜 머리 좋다. 아버지가 학살자한테 뜯은 돈 이백만 원 주기로 했거든? 한잔 빨자."

"형, 그럼 학교 옥상에서 술 마실까?"

"거기 비번 걸려 있잖아."

"나만 믿어. 알아내볼게."

드디어 그날이 왔다. 순근은 하준에게 옥상과 가까운 3학년 화장실에 숨어 있으라고 했다. 하준은 벌벌 떨었다.

"형, 괜찮을까? 들키면 어떡해?"

"교복 입고 있으면 아무도 뭐라고 안 해. 내가 부를 때까지 화장실에서 게임하고 있어."

"내가 꼭 있어야 해?"

"하준아, 날 봐. 넌 김태수가 당하는 걸 네 눈으로 봐야 트라우마에서 벗어날 수 있어. 그다음엔 할머니께 이라고는 도저히 못 다니겠다고 하면서 내가 다니는 학교로 전학 오는 거야. 완벽하지?"

"할머니야 내가 학교에 간다고만 하면 무조건 전학시켜 주겠지만……."

"나도 휴학해서 아직 1학년이야. 그러니까 너랑 같이 다닐 수 있어. 하지만 트라우마에서 벗어나는 게 먼저야."

"무서워……."

"걱정 마, 의외로 싱거울지도 모르니까."

"그럴까……."

순근이 디데이로 삼은 날은 전조협이 술을 마시는 날이었다. 아무래도 취해 있어야 판단을 온전히 하지 못할 테니까.

며칠 후, 전조협과 다른 선생들이 함께 나가는 것을 본 순근은 민주영에게 비밀번호를 알아냈다고 했다. 그러고는 버터플라이 잭나이프와 후추 스프레이를 준비했다. 물론 방검복도 입었다. 술을 사줄 사람도 당근에서 쉽게 구했다. 셋은 옥상에서 양주를 마시며 즐겼다.

얼마나 마셨을까? 민주영과 김태수는 점차 취해갔다. 적절한 타이밍에 순근은 버터플라이 잭나이프를 꺼내 공중에서 접었다 폈다 하면서 이날을 위해 연습한 묘기를 부렸다. 양아치들은 이런 것에 껌뻑 죽지.

"와, 그거 존나 멋있다."

역시 민주영이 걸려들었다.

"형 줄까?"

민주영은 대답도 없이 순근의 손에서 잭나이프를 낚아

채더니 순근이 했던 것처럼 공중에 던져보았다.

"간지 나네."

이따 전조협이 오면 민주영은 분명히 저 칼을 사용하게 될 것이다. 옆을 돌아보니 김태수가 부러운 눈으로 민주영을 바라보고 있었다. 기회를 잡은 순근은 전기충격기를 꺼내 김태수에게 주었다.

"넌 이거 가져."

냉큼 전기충격기를 받아든 김태수가 전원 버튼을 눌렀다. 파란빛이 번쩍였다.

"이거 오진다. 학살자 새끼 지져주고 싶네."

조금만 있으면 정말로 그럴 수 있을 거야.

순근은 몰래 전조협에게 암호를 보냈다.

"주영이 형, 태수야, 더 마시자!"

"그래! 마시자!"

한 시간이 지나자 술에 잔뜩 취한 전조협이 옥상 문을 열고 들어왔다. 거대한 몸에 붉게 충혈된 눈, 검은색 입술이 마치 지옥에서 온 사자 같았다.

"학살자 새끼네."

순근이 민주영의 귀에 귓속말했다.

"형, 오늘 누가 더 센지 학살자한테 제대로 보여주자. 내가 도와줄게. 칼도 있잖아."

술에 취한 민주영의 눈이 풀려 있었다. 올바른 판단을 할 수 있는 때는 이미 지났다.

"그래, 저 시발놈한테 확실히 보여주겠어. 누가 이라고 짱인지 보여주겠다고!"

민주영의 외침에 김태수도 자리에서 일어나 바닥에 가래침을 탁 뱉고는 말했다.

"선생이라는 게 학생 괴롭히는 데 재미 들렸냐? 너 오늘 뒤질 줄 알아."

그 말을 들은 전조협의 술 취한 얼굴이 더욱 붉어졌다. 정말로 누구 하나 죽을 분위기가 되었다.

그래, 서로 죽이고 죽어라. 순근의 몸속에서 도파민이 솟아났다. 다들 파이팅 하자고.

순근은 짐짓 당황한 표정을 지으며 얼른 전조협에게 다가가 그를 말리는 척하기 시작했다.

작가의 말

2004년 첫 발령을 받아 교직 생활을 시작했으니 이십 년이 넘었습니다. 십 년이면 강산이 변한다고 하니 강산이 두 번 변한 시간이네요.

실제로 학교는 이십 년 동안 많이 변했습니다. 예전이라면 있을 수 없는 사건과 사고가 일어나고 있습니다. 갑질로 죽어가는 교사, 학교폭력 때문에 죽음으로 내몰리는 학생들, 교사를 찌르는 제자, 학생에게 성폭력을 가하는 교사, 자식을 위해 시험지를 유출하는 부모와 그것을 돕는 교사……. 눈을 의심할 만한 뉴스들이 잊을 만하면 터지곤 합니다.

뉴스 보도처럼 학교는 정말 괴물이 되었을까요?

아닙니다. 학교는 생각보다 더 따뜻한 공간입니다. 쉬는 시간을 쪼개서 농구하러 나가는 학생들은 땀으로 우정을 다지고, 학생들에게 웃음을 주고자 축제 때 무대에 괴상한 분장을 하고 올라가는 선생님도 있습니다. '선생님이 가장 잘 가르쳐주세요'라는 학생의 편지에 마음이 찡한 선생님도 있고, 자신이 올린 인스타 게시글에 좋아요를 누르는 선생님 덕분에 힘을 내는 학생도 있죠.

이 소설에는 괴물들만 등장하지만, 그것은 오직 학교폭력의 심각성을 알리고 싶어 상상으로 만든 픽션입니다. 바라건대 심각한 이야기와 반대로 학교라는 공간의 긍정적인 면도 함께 돌아봐주세요. '학교는 여전히 아이들이 웃고 배우며 자라는 곳'이라는 사실을 기억해주셨으면 좋겠습니다.

2025년 여름
윤자영

몬스터 킬러
ⓒ 윤자영, 2025

초판 1쇄 인쇄일 2025년 7월 28일
초판 1쇄 발행일 2025년 8월 12일

지은이 윤자영
펴낸이 정은영
편집 전유진 박진혜 임종현
디자인 김보경
마케팅 최금순 이언영 연병선 송의정 김정윤
저작권 신은혜
제작 홍동근

펴낸곳 네오북스
출판등록 2013년 4월 19일 제2013-000123호
주소 04047 서울시 마포구 양화로6길 49
전화 편집부 (02)324-2347, 경영지원부 (02)325-6047
팩스 편집부 (02)324-2348, 경영지원부 (02)2648-1311
이메일 neofiction@jamobook.com

ISBN 979-11-5740-474-2 (03810)

잘못된 책은 구입한 곳에서 교환해드립니다.
이 책의 판권은 지은이와 네오북스에 있습니다.
이 책 내용의 전부 또는 일부를 사용하려면 반드시 양측의 서면 동의를 받아야 합니다.